どうして戦争をはじめたの?

「ノー」と言えなかった狂乱の時代

Mika Aoki
青木みか＝編

風媒社

絵＝松田ほなみ
装丁＝夫馬デザイン事務所

記憶を記録することの力——『どうして戦争をはじめたの？』刊行に寄せて

森　英樹

一九四二年生まれの私にも、戦争の記憶はかすかにある。まだ三歳だったとはいえ、一九四五年七月に三重県・津が空襲を受けたとき、親に手を引かれて防空壕に逃げ込んだことや、そこから見た夜空が焼夷弾爆撃による炎上でむやみに明るかったことを、わずかに、ほんのわずかに記憶にとどめている。ひょっとするとしかしそれは、後でインプットした話なのかもしれない。ただ、こんな不確かな記憶でも、私はあえて自分史の確かな記録として残しておくようにしてきた。敗戦直後の物のない空腹の時代のことになれば、これはもう身体で覚えているから、確かな記憶の記録として自分史の初期に置いてある。

それやこれやをおりまぜて学生などに語りながら、「最後の戦中派」とか「戦争を知っている最後の世代」と自称するようにしてきた。おまけに私の名前は、歴史的見通しをもてなかった親が、当時の皇国臣民らしく、生まれたときの首相の名から借用してつけた結果だから、いささか冗談っぽく言えば「名前に刻印された加害責任の記録」であり、これは語り継ぐことのできる、生きた教材ではある。

だが、私にできる「語り継ぎ」はこの程度でしかない。日本が戦争しないできた、歴史に照らせば稀有に長い年月こそが、むしろ私の確かな自分史のほとんどであり、そのことを素直に喜ぶことこそを語り継いできた。「戦争を知らない世代」に向かって「それは幸せなことだよ」と、自分史としても語れる絶好の位置に、私の世代はいる。そしてついこの間までは、「戦争を知らない世代」のまま生涯を終えることができそうだった。嘉門達夫ばりに「♪戦争を知らずに〜僕らは生まれた〜、戦争を知らずに〜僕らは死ねそう〜♪」と替え歌をかましてもきた。ところが、還暦を迎えた昨今、そうでもなさそうな時代の急変転にまみえ、定かでない記憶を記録化した自分史の最初のあたりが、恐怖心とともによみがえりつつある。

青木みかさんは、私にとって高校の大先輩である。私の妻は同じ高校の同級生であったが、その妻が「愛知高齢社会をよくする会」で同じく大先輩にあたる青木さんとお知りあいになり、そのご縁で私も面識を得て、このたびの企画に序文を書くよう依頼された。

寄せられた記憶の数々は、私や妻の世代とは違って、あの暗く凄惨な奈落の時代に落ち込んでいった現場に、多感な若者として居あわせた世代の方々の記憶として、悲しくも重い。「昨日と変わらない今日、今日と変わらない明日」なのに、そうした日常の集積がじわじわとあの時代を作っていった記録である。

青木さんは、「どうして愚かな戦争をはじめたの？」という「戦争を知らない世代」からの問いかけに逃げることなく向き合おうと、この企画を立てられたと聞く。いわば「世代間対話」の試みである。もとより正面からの回答が寄せられているわけではない。かといって「しかたがなかった」という溜め息まじりの回想集でもない。あの時代を生き抜いた方々が、あの時代を再び繰り返すなという重い想いを胸に、駆け抜けてこられた戦後自分史の今の地点から、もういちどあの時代の記憶を記録することで、世代間対話に向き合おうとする真摯な文集である。もはや取り戻せない痛恨の歴史を、それでも取り戻そうとする営み、ともいえようか。

いまわしい記憶を記録にすることで、いまわしい記憶の時代の再発を防ぐ――本書のこうした歴史への責任の取り方は、実は日本国憲法の構えと響き合っているように思えてならない。戦後世代が本書の読後に何を思うかはさまざまだろう。だが、世代間対話が始まることで、この記録は、貴重な継承と警鐘の役割を果たすに違いない。

（もり・ひでき　名古屋大学教授／愛知憲法会議事務局長）

どうして戦争をはじめたの？——「ノー」と言えなかった狂乱の時代　目次

第1章

死者からの問いかけ

——十五年戦争と私

青木みか

二・二六事件は小学生のころ

「流れもきよい雲出川……杉の香りの故郷の……花咲く野べにつゆふんで……」と校歌に詠まれている伊勢の山峡にあった小学校に私が入学したのは、一九三〇年（昭和五年）の春であった。

太平洋戦争のあと、日本の工業化と若者の離村による過疎・少子化の流れとともに、小学校の全生徒も二十三人となり、ついに一九九九年（平成十一年）に廃校となって、百二十五年の歴史を閉じた。今は「永遠に輝け」の碑だけが残っている。

村の人口は、戦争中には都市から疎開してきた人々で一万人を突破したが、その後二千人前後となり近隣の五ヶ村と合併した。細々と農・林業を営む寒村で人々は大自然と共生し、太陽を拝み、戦前は門先で天子様を拝んでいた。

小学生は毎朝、隣接する神社の境内を当番で清掃し、朝礼の時はまず皇居と伊勢神宮を遥《よう》拝《はい》した。

新年、紀元節、天長節、明治節の四大節のほか、陸軍記念日、海軍記念日の祝日も定められていた。式典では白手袋の手を高く挙げて角盆に入れて運ばれた教育勅語を校長が読み上げた。「朕《ちん》オモフニ」に始まり「御名御璽《ぎょめいぎょじ》」に終わる三百十五文字の勅文奉読の数分間、全校いっせいに頭を下げていたが、意味は皆目わからなかった。式場に祭られた御真影（昭和天皇と皇后の写真）の前では私語は許されず、奉安殿（校舎から離され耐火材で造られた建物）に写真と勅語がもどされるまでは直立不動を命じられた。

当時、御真影を守るため学校では当直制がしかれ、先生が宿泊することになっていた。作家の久米正雄の父親が長野県の小学校に勤務している時、火災で御真影が焼失した。彼はその責任をとって割腹自殺をした。『新思潮』（一九一六年〈大正五年〉二月号）に掲載された小説「父の死」には、当時のことが描かれているといわれている。

小学校には「修身」の授業があり、勅語に基づいて忠孝の精神が説かれた。「キグチコヘイハ　テキ　ノ　タマ　ニ　アタリマシタ　ガ、シンデモ　ラッパ　ヲ　クチ　カラ　ハナシマセンデシタ」という文は、戦死する兵士の挿絵とともに脳裡に刻まれた。明治天皇逝去のさい殉職した乃木将軍夫妻の死は、日本人の鑑《かがみ》として崇められた。

国語は国定の読本で「ハナ　ハト」に始まり、古くから使われている陳腐な語になんの魅力も感じなかったが、「一九三四年（昭和九年）の入学生から「サイタ　サイタ　サクラガサイタ」と美しいカラーの挿絵付きに変わった。しかしそれは「ススメ　ススメ　ヘイタイススメ」「ヒノマル　ノ　ハタ　バンザイ　バンザイ」と移行していった。

三歳年下の弟は、学校で習った唱歌をいつも家で楽しそうに歌っていた。「オ馬ニノッタヘイタイサン、砂ヲケタテテカケテクル、タッタカタッタカカケテクル、ヘイタイサンハキレイダナ、ヘイタイサンハダイスキダ」と、大きな声は前の山にも谺《こだま》していた。こうして希望に満ちた無垢な子どもの心にも軍国思想は巧みに浸透していった。

当時は小学課程六年終了後、高等科二年に進学することができたが、女子は製糸工場へ働きに出る者が多く、高等科や街の女学校へ進学する者はわずかだった。私自身は小さな地主の家の六人きょうだいの紅一点として育った。秋の収穫期には小作人が代わる代わる父のもとを訪れ、不作の原因をあげて年貢引き下げの交渉をしている姿を垣間見た。旧制高校と大学に在学していた兄たちは、「われわれは小作人の労働を搾取して生活しているんだ」と呟《つぶや》いていたが、私にはその意味もわからなかった。兄たちの会話に出てくる富国強兵への懸念、大正デモクラシーの危機、小作争議、米騒動などの社会不安や民衆運動など社会情勢を反映する語も当時の私には理解できなかったが、今なお鮮明な記憶となって刻まれていることは、卒業も近い一九三六年（昭和十一年）の雪の夜の思い出である。

「東京で大変なことが起こった。首相や大蔵大臣、内大臣が襲われた。青年将校たちは永田町一帯を占拠しているようで、東京は戒厳令がしかれているらしい」

と、役場から帰宅した父は門先へ自転車を乗り捨てたまま息をはずませながら言った。

「いったい、日本はどうなりますの？」

気の小さな母は夕食もとらず暗い電灯の下に座り込んでいた。後日の新聞で二・二六事件として報道され、青年将校たち二十二人が下士官千四百人を率いて高橋是清蔵相、斉藤実内大臣、渡辺錠太郎教育総監を殺害したこと。岡田啓介首相は秘書官が身代わりとなって九死に一生を得たことなどが知らされた。しかし私には、「なぜ? どうして?」といった疑問がいつまでもつきまとった。

小学校入学以前から山村でも軍歌をよく耳にした。昭和初期から大陸出兵の歓送のマーチはラジオでも流れていた。

「敵は幾万ありとても　すべて烏合《うごう》の勢《せい》なるぞ　烏合の勢にあらずとも味方に正しき道義あり……」とか「天に代わりて不義を打つ　忠勇無双の我兵は　歓呼の声に送られて……」という出陣の歌は、軽快なリズムで人々に膾炙《かいしゃ》されていた。

二・二六事件前の日本の情勢を歴史書で回顧してみると、一九三一年（昭和六年）の満州事変がその後に続く十五年戦争の発端となったことが理解される。すなわち中国軍の挑戦とみせかけた満鉄爆破事件で戦闘に突入。翌三二年には満州国の建国を承認し、対外進出は強硬に進められ、軍部と右翼の勢力は強大化する。政府は軍部を抑えることもできず翌三三年には国際連盟をも脱退、英米との対立を深めながら三七年には日独伊三国防共協定を結んだ。

一方、国内では一九三二年（昭和七年）に五・一五事件。一団の海軍将校が首相官邸に入り、「話せばわかる」という犬養毅首相を「問答無用」として射殺し、日本銀行、警視庁にも爆弾を投げ込むテロリズムが出現した。テロには青年将校とともに東京帝国大学・京都帝国大学の学生、不況下の農・漁村の若者も加わり、支配階級による不合理な社会組織の改革をめざしたといわれる。当時の農村の不況は深刻化し、全国の欠食児童は二十万人を超え、東北の貧村では娘の身売りも常習となっていた。一方、三三年の軍事費は総国家予算の三八・七パーセントに達している。

このような混沌とした昭和初期、天皇中心主義の皇道派が官僚や財閥の統制派と対立して反乱を起したのが二・二六事件といわれるが、事件後は自由主義の一掃が強化され、ファシズム体制がしだいに確立されていった。しかし、一般民衆はそれらの動静を感知することはできなかった。

一九二一年（大正十年）から三六年（昭和十一年）にかけてわが国では六人の首相経験者が襲われ、そのうち五人が暗殺された。一般国民がテロに怯えているうちに強力な組織が社会を牛耳って戦争へと導いていったことが想像される。

父は一九六四年（昭和三十九年）、七十四歳で急逝した。死後、残された日記を繙《ひもと》いていたら、

汚染《おせん》拭いて古夏帽も戦時かな

という句が目についた。村長にかつぎ出されたときの心境を読んだものらしい。「適齢期の息子を三人ももちながら病弱でお国のために捧げられず申し訳ない」と村人たちにいつも低頭していたが、戦後は農地解放の政策のもと、自作農となって泥にまみれて働いていた。

「撃ちてしやまむ」の青春時代

美杉村の小学校をおえ、津市の女学校に入学して寮生となったのは一九三六年（昭和十一年）、その翌年、盧溝橋《ろこうきょう》事件が勃発した。マルコポーロも世界で最も美しい橋と称賛し、北京八景の一つとされている名勝地が日本軍によって爆破された。

当時の日本は日露戦争で欧米列強による植民地化の危機を脱し、経済的にもある程度の発展をとげていたが、マルクス主義・社会主義などが一部のインテリに受容され、若者は新しい時代の現出を望み革新を期待する傾向にあった。一方、満州事変でナショナリズムが結集され、革新思想に対する取り締まりが強化されつつあった。

一九三八年（昭和十三年）に国家総動員法が成立し、労務・物資・賃金・物価・施設をはじめ国民生活の全般にわたって統制・徴用のできる権限が政府に委任された。政府は経済統制とともに思想界の統制にも乗り出し、国民精神総動員法が始まった。「八紘一宇」「挙国一致」「堅忍持久」「尽忠報国」「東亜の盟主」の語がマスメディアに頻出し、戦意が扇動された。

私の入学した女学校は一九〇一年（明治三十四年）創立で古い伝統を誇り、ひたすら体制順応の教育が実施されていた。学内にも「撃ちてしやまむ」「ぜいたくは敵だ」「足らぬ足らぬは工夫が足らぬ」「欲しがりません勝つまでは」のスローガンが掲げられた。

朝礼の時、八百人の全校生徒はいっせいに「心の掟」を唱えたが、「皇室のご繁栄と国運の隆昌を祈り奉る」に始まる五ヶ条からなっていた。

放課後は雨天体操場の板間に座り、全生徒で千人針を作成した。腹巻に女性一人が一つずつ糸で結び目をつくり、千人で完成させる。これを身につけていると弾丸があたらないといわれ、出征兵士の母や妻たちは幾日も街頭に立って通行人に依頼したが、女学校では数時間で千人針ができた。死線を越えるため五銭硬貨を縫いつけたり、苦戦を乗り越えられるように祈りをこめて十銭硬貨を付けながら、生還を切望する出征家族の切実な願いに思いをはせながら私たちは協力した。

ある吹雪の日、六キロほど離れた練兵場まで行進し、実弾射撃の訓練を受けたこともあった。照準の決め方を教わって何発か発射したが、私の弾は標的をはずれ土手に当たって砂煙をあげた。銃を支えた右肩の重圧感と射撃時の強い衝撃がいつまでも残っていた。

戦局が厳しくなるにつれ、中国からの傷病兵や遺骨の収められた白木箱を駅で出迎える機会が多くなった。学内の運動会や音楽会の来賓席は傷病軍人の白衣で埋められた。衣・食・

住も戦時色が濃くなり、一九三九年（昭和十四年）にはカーキ色・詰め襟の国民服やモンペ姿が推奨される一方、パーマネント、ネオン、エスカレーターなど電力を消費するものが禁止された。これらに反する人は「国賊」「非国民」とののしられ、文学者や画家も戦争への協力が求められて従軍した。

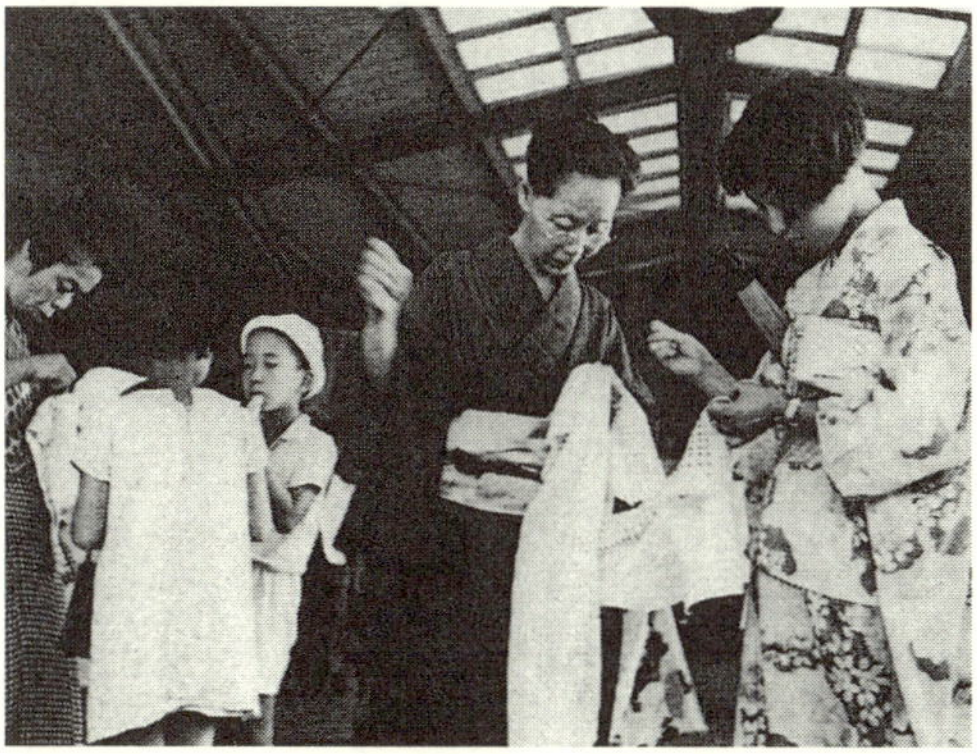
駅前での千人針

一九三九年ごろには、米類、みそ、しょう油、砂糖、塩、マッチや衣料品も切符制となった。さらに当時、長期戦で倦怠ぎみの国民を鼓舞するためか、四〇年秋「紀元二千六百年」奉祝式典が盛大に挙行された。すなわちわが国の皇紀元年は西暦紀元前六六〇年にあたり、神武天皇即位から二千六百年間、万世一系の天皇であることが全国民に強調された。官公庁や学校の代表者は宮城外苑に集合し、一般国民は提灯行列をし、特別配給のもち米で赤飯を炊いて祝賀した。学校では毎日奉祝歌の練習をした。

頌歌は「遠すめろぎのかしこくも、はじめたまひしおほ大和、天つ日嗣のつぎつぎに、み代しろしめすたふとさよ、仰げば尊し、皇国の紀元は二千六百年」という荘重なメロディーのものと「金鵄《きんし》輝く日本の、栄《は》えあるひかり身にうけて、今こそ祝えこの朝《あした》……ああ一億の胸は鳴る」と五番まで続く軽快なリズムの二曲でラジオでも絶えず流され、人々は二千六百年の古い故国の伝統に陶酔させられた。

後日、兄たちの話を聞いたとき、式典の前には日本古代史研究家津田左右吉の『神代史の研究』は発禁となり、著者と出版責任者の岩波茂雄は起訴され、二人は有罪となっていたことを知った。すなわち紀元前六〜七世紀の縄文時代、日本国家は成立していなかったという史実は、弾圧によって抹消されていたのである。

女子教育の流れ

敗戦後、六・三・三・四の学制のもと共学の民主教育が施行されるまでは、「男女七歳にして席を同じゅうせず」の観念があった。私どもの女学校でも男子中学校の軍事教練に代わって裁縫・割烹などの授業があり、クラブ活動も柔道・剣道に代わって茶道・華道があった。級友は男子の学生と海岸を散歩したことで停学処分をうけた。

男女別制教育とはいえ、国家主義の政策のもと役割が分担されているにすぎなかった。すなわち男子は戦争遂行のための生きた戦力として教育され、女子には天皇制国家における家族を支えるための良妻賢母を目標として国策に沿った教育がおこなわれた。

津高等女学校の同窓生小柴昌子さんの『高等女学校史序説』（銀河書房、一九八八年）を参考にして、わが国における女子教育の変遷をたどってみよう。

明治維新後に発布された「五カ条の誓文」には「智識ヲ世界ニ求メ、大ニ皇基ヲ振起スベシ」との教育方針が記され、一八七二年（明治五年）には「学制」が布告され男女とも等しく学ぶことが義務づけられた。学制の翌年「徴兵令」が発布されたが、当時の女子就学率は男子の半分以下、貧困のため製糸工場へ行ったり他家へ奉公に出る未就学女児が多かった。

小・中学校では「修身」が第一位に位置づけられ、皇国思想の普及が重視された。一八八三年（明治十六年）文部省は女子教育の通達を出し、修身・和漢文・習字・図画の他に裁縫・家事・経済・女礼などを加えて順良貞淑な女子の育成を指示した。とくに八五年の森有礼文部大臣の教育方針は国家至上主義で、軍国の母・妻としての育成を明確にした。

一八九〇年（明治二十三年）の教育勅語の発布にともない、しだいに「君が代・日の丸・御真影・勅語」が小・中学校の教育のなかに絶対的地位を占め、すべて皇国の民として統括されていくようになる。とくに女子には夫唱婦随の儒教精神に基づいた美徳が求められた。

一八九五年制定の高等女学校規定では、富国強兵政策下における良妻賢母主義教育が明確に指示された。

一九〇四年（明治三十七年）の日露戦争は日清戦争の約四十倍の戦死傷者を出し、社会主義者やキリスト教徒やそのほかの女性たちの反戦運動が活発化し、与謝野晶子は「君死に給うことなかれ」の詩を発表して勇敢に闘った。

女学校は順調に発展し一九〇六年（明治三十九年）、中学生の女生徒比は二八・二パーセントとなり、さらに英学塾・医学校・実業学校に進学する者もいた。平塚らいてうが一一年に結成した青鞜社は、新しい女性の生き方を社会に喚起した。

大正の時代となり政府は教育勅語の趣旨に沿った国づくりを進める一方、高揚する労働運動や社会運動を弾圧し、中央集権的な軍事大国の建設をめざした。

一九一四年（大正三年）に第一次世界大戦が勃発し、日本は連合国側について参戦した。それによって富と自由主義思想が国内に浸透した。この大正デモクラシーの波に乗った新教育運動に対し、政府はわが国体と忠良な臣民の育成を強調した。とくに二〇年、文部省は高等女学令を改正し、婦徳の涵養《かんよう》をうながした。

一部の女子は女性解放運動・婦人参政権獲得・廃娼運動を起こし、一九二三年（大正十二年）には「工場労働者最低年齢法」が公布され十四歳未満の就業が禁止された。そのため未就学児を含む年少労働者は法律でもって保護されることになった。

元号は大正から昭和となるが一九二五年（大正十四年）の治安維持法の成立により、言論・

思想・信仰・集会の自由は奪われ、国政に対するいっさいの批判は封じられた。さらに上智大学学生の靖国神社参拝拒否運動や京都大学の滝川事件によって政府の大学自治への介入は強化された。

日中戦争の直前、一九三七年（昭和十二年）に『国体の本義』が刊行され、教育はすべて天皇を中心とした国体に基づくことが強調され、「一億一心」のスローガンのもと国民は戦争に駆り立てられた。国策遂行の兵士増産のため「生めよ殖やせよ」の語が流布し、「満州開拓少年義勇軍」や「大陸の花嫁」の養成が盛んとなった。

一九三七年（昭和十二年）改定の高等女学校教授要目には、軍国の妻・母としての指針が示され、息子を国に捧げる気丈な母や毅然として銃後を守る女子がたたえられた。

全国の自治体には国防婦人会、愛国婦人会、大日本婦人会など、すべての女性が加盟するための集団の組織が結成されたが、女学校卒業生はそれらの集団をリードする立場にあり、国家主義の理念に統制された体制順応の優等生として教育されていった。

結婚生活三十日、二十歳の未亡人

一九四一年（昭和十六年）十二月、日本軍の真珠湾攻撃によって太平洋戦争が勃発した。その年の春、女学校を卒業した私は郷里で彼岸花の球根を掘っていた。長びく日中戦争で資源も乏しくなってきたため、球根のデンプンをアルコール燃料にする政策によって各戸に何キロかの割り当てがあった。土手で作業をする人の頭にかぶる白い手拭いが敵機に目撃されて、機銃掃射を受けることもあった。

のどかな田園生活も敵機来襲の危険に曝《さら》される日々、村には女・子ども・老人のみが残っていた。当時の田舎では結婚適齢期は二十歳までという風習があり、いつ果てるともわからない戦争に両親は不安を覚えていた様子で、たまたま女学校の恩師によって紹介された内地勤務の軍人と私の縁談は簡単にまとまった。

「今のうちに式挙げときましょ。いつ警報が出るかわからんから」

という仲人の言葉にうながされて、夫と私、両家の両親と仲人の計八人は、三重県松阪市本居神社の神前で結婚式を挙げた。敵機来襲の合間をぬって式は数分で終了した。

十九歳の私は絣《かすり》のもんぺ姿、二十七歳の夫は軍服。記念撮影も披露宴もなく、私はそのまま婚家の人となった。

当時、大学の文科系に在籍していた学生は学徒動員と称して徴兵された。工学部にいた夫は、徴兵猶予の恩典をうけて卒業し研究室に勤務していたが、戦局も険しくなって兵役に就くことになった。将校になると妻帯も許される。挙式後、自宅で一泊した彼は、山口県の呉港にある軍隊の宿舎へ戻った。

彼は船舶兵として日本の港を拠点とし、海外から国民の食糧を安全そうな径路を選んで搬入する任務についていることを私は初めて知らされた。しかし、どこから、いつ、どこへ行くのかという日程は彼自身も皆目わからず、つねに上司の命令があるまで待機する立場にあった。私は落ち着く場もなく、義父母のいる婚家で彼からの連絡を待った。一カ月経過したとき、愛媛県の川之江町で新兵の教育に就くという報せが届いた。期間は彼にもわからないが、私はふとん袋に日用品や炊事用具を詰めて発送し、義母手作りのよもぎ団子を持って四国に赴いた。寓居は民家の二階二部屋を借りたもので、小さな卓袱《ちゃぶ》台が唯一の家具となった。

浜辺の秋は魚や野菜も比較的入手しやすく、それらを七輪の炭火で調理するのが私の楽しい日課になった。

元来、平和主義者の彼は、長い軍刀を腰につける将校の正装を嫌悪し、「友人のM君は重い刃の部分を切り捨てて鞘だけにしていたが、僕にはそこまでする勇気はないなあ」と、笑っていた。また、つねに『葉隠』と『歎異抄』を愛読していたが、私には難解であった。大正デモクラシーの影響を受けて育った彼にとって、独裁的な軍国主義は受容できず不条理な現実に苦悩していた。ヒューマニストとして尊敬していた作家や哲学者の獄死の報を聞くたびに、「長い物には巻かれて生きるより仕方のない世の中だ」と嘆息していた。

「明日知れぬ身で結婚することは僕のエゴで申し訳ない。独身でいるほうが気楽だが、二人でいるほうが幸せだ」という彼に同調した私は、たまゆらの幸福感にひたっていた。

四国の生活は三週間で終わり、彼は航海に出る準備のため呉市の軍隊に帰った。私は出港日がわかりしだい、面会に行くことにして婚家で待機した。一九四五年（昭和二十年）早春、広島で十日ほど生活を共にしたが、その後消息は途絶えた。六月はじめ、突然東北の酒田港に寄港するという速達が届いた。

津市の家から防空服に身を包んで二日分の弁当を持って、名古屋経由で東海道線に乗車した。通路に新聞紙をしき、一睡もすることなく一日後に東京に着いた。駅のホームでは空襲で家を失った人々がパジャマ姿でゴミ箱を漁《あさ》っていた。虚ろな眼差しや痩せ細った手足に心を痛めながら乱れたダイヤの鈍行列車を乗り継いで北上した。車内は疲れきった人々で充満して一語もなく、蒸気機関車の音だけが新緑の野山に響いていた。

はじめて訪ねた酒田市は、本間邸の道路に沿った広壮な建物と梅雨にぬれた庭の老木が幽静な風情をかもし、戦禍で壊滅した都市と一線を画していた。忘れていた日本の美にふれた思いで、私どもは古い旅館で一泊した。

「日本海の制海権もすっかり米国に握られた。今回の航海が最後となり、あとは内地勤務となろう。とにかく国民の大切な食糧となる大豆を満州（現・中国東北部）に取りにいく任務だ。

部下に危険をしいるよりは自分で行くほうが気楽だ」と語る彼の人間性に同意せざるをえなかった。

「言うなかれ君よ別れを、世の常のまた生き死にを、海原のはるけき果てにあつき血を捧ぐる者の大いなる胸を叩けよ……」

当時、出征学徒に膾炙されていた大木惇夫の詩の一節を紙片に残して一九四五年（昭和二十年）六月九日未明、彼は密かに宿を発った。軍靴の響きは闇のなかにしだいに遠のいて消えていったが、永遠に還らなかった。

「船は酒田港を出てからジグザグコースをとり敵の魚雷を避けながら徐行しましたが、二日後の夜明け、北朝鮮羅津沖二〇〇海里のところで潜水艇の攻撃を受けて瞬時に沈没。たまたま甲板にいた私ども三名を残して全員死亡しました」との私信が、六月下旬U船長から届いた。戦死の公報を受けたのは敗戦の直前であった。その半年後、遺骨と称して白布に包まれた白木の箱が還ってきた。

彼の二十七年の生涯は海底に消え去り、二十歳の私は、「いったい彼の生涯はなんだったのか」と自問自答しながら、虚脱したような日々を過ごした。

『歎異抄』とともに海底に眠る夫

「善人なおもて往生をとぐ、いわんや悪人をや」という一節を、夫は朝夕呪文のように呟いていた。舅《しゅうと》の毛筆で転写した『歎異抄』をつねに奉公袋に入れていたが、その表紙は彼が十二歳のときに死別した生母の着物の端布でつくられ、灰色の絹の光沢を放っていた。彼はお守りのように丁重に扱い、繙《ひもと》くたびに両親と三人で語っているような安らいだ表情で、「亡き母がいつも守っていてくれる」と私に語っていた。

戦時下の女学校で軍事教育を受け、卒業後ほどなく結婚し大本営発表を信じて日本の勝利に酔っていた単純な私に、彼の真意はわからなかった。当時、戦争のゆくえについて話し合うことは、夫婦間でさえタブーとされていた。

敗戦後、肺結核療養のかたわら夫の遺書を整理していた私は、奈良・京都の古寺や仏像の写真集とともに『正法眼蔵』『鈴木大拙』『道元禪師語録』など、宗教関係の蔵書が多いことに気づいた。そのなかの一冊、岩波文庫の『歎異抄』（金子大榮校訂、一九三一年）の最終ページに、彼の筆跡で「昭和十五年十二月より数回熟読」「再び昭和十六年六月十三日より」と明記されている。その日付は真珠湾攻撃の半年前にあたる。大学における研究生活を中断して兵役に就くとき、改めて再読し、心の整理をしてペンを剣に代えざるをえなかったことが推察される。

療養生活を終えた私は自活の道を求めて就学し、卒業後女子大学に三十数年間奉職。一九八九年（平成元年）、六十五歳の定年を迎えて退職した。その間、『歎異抄』を思い出す機会はあったが日々の勤務に追われ、彼の心境を追求するにいたらなかった。舅も一九六四年（昭和三十九年）に七十九歳で他界し、戦時中の夫の真意を聞く機会もなくなった。

退職後のある日、『歎異抄』の解説をテレビ放送で聞いていた私は、ふと長年の謎の一端が解けるような思いにかられた。「そうだ、第二次世界大戦は日本の侵略戦争によるものであることを彼は最初から承知していたのだ。中国や東南アジアを占領し多くの住民を殺傷したりして残酷な罪を犯す。さらにアメリカやイギリスにも宣戦を布告して、世界を過酷な戦争に巻き込む。それを聖戦と称して国民を戦場に駆り立てる国家。非道な暴政に協力をしいられるが、無力な自分は逃避することもできない。不条理な現実と自分の罪悪感からくる心の葛藤の癒しを『歎異抄』に求めたのだ」と。

舅は商科大学卒業後、神戸でアメリカ系の会社に勤務したあと、帰郷して家業の醸造業を継いだが、「アメリカと戦って勝てるはずがない」と悟っていたようである。戦争のゆくえについて家族に私見を述べることはなく、戦の報道を聞くことさえ避けていた。「僕は戦場へ人を殺しにいくのではない。食糧を取りにいくのです」という夫の言葉にいくぶん心を癒されていた父。狂乱の怒涛に押し流されながらも救いを親鸞の思想に求めた父子の境地を今、改めて私なりに追跡してみたいと思う。

『歎異抄』の解説書は多いが、私は海原猛『歎異抄入門』(PHP研究所、一九九六年)、高史明『現代によみがえる歎異抄』(NHK人間講座、二〇〇一年)、花山勝友『誰でもわかる歎異抄』(オーエス出版、一九八六年)などの入門書を繙いてみた。

第三章「善人なおもて往生をとぐ、いわんや悪人をや……」の有名な一節に登場する「善人」と「悪人」は、法律や倫理道徳の観点からいう善悪ではない。善悪の規準は時代・場所・環境・条件によって違ってくる。映画『殺人狂時代』における名優チャールズ・チャップリンの言葉、「一人を殺せば犯罪者だが、百万人を殺せば英雄だ」は、すでに十五世紀のオランダの人文学者エラスムスによって戦争の欺瞞を表現した箴言でもあり、殺人という最悪の行為さえ、称賛されるのが戦争であると説く。

第二次世界大戦中、本土を空襲した爆撃機が撃墜され、搭乗していたアメリカ兵が捕虜になった。日本のある中隊長は側にいた部下の兵士に「捕虜を銃剣で突き殺せ」と命じた。兵士は、「自分は生きている人間を殺したことがありません。どうかお許しください」と懇願したが、中隊長は「上官の命令は絶対である」と叱責した。兵士はやむなく眼をつぶって夢中で捕虜を突き刺した。戦後、極東裁判で彼は極刑を宣言された。「米兵を殺したのは決して自分の意思ではなかった」と抗弁しても認められず絞首刑に処せられた。C級戦争犯罪者として処罰された多くはこのような理由であった。彼らは悪人と言えるだろうか。日本人ならばあの当時、あのような条件では誰もが拒否できなかったことを知っている。

戦時下では個人の意思を度外視して殺人がしいられる。「自分は善人である」など誰もが言えない。たまたま悪人にならなくてもすむ条件に置かれていたにすぎない。

山内舜雄氏は戦犯刑死者たちの遺書八百余通を精読し、刑場にのぞんだ彼らの心理を分析した（『限界状況における日本人の死生観』大蔵出版、一九九一年）。そこには明治以来の国家神道に支えられた天皇、国家への忠誠死はあっても真の意味の世界人類への開かれた宗教的自覚は見いだせない。「われわれは宗教なくして死んでゆく、それはこれまでに受けた教育を見れば明らかだ」と叫んで刑場に消えた。これほど悲惨な魂の記録はほかに見いだすことはできないと述べている。

刑死ではないが『きけ　わだつみのこえ――日本戦没学生の手記』（日本戦没学生記念会編、岩波文庫、一九九五年）には残忍・暗黒な国家組織である軍隊の構成員に駆り出されて追いつめられた若い魂、純粋なるがゆえに苦悩も大きかった彼らの悲痛な叫びが切々と綴られている。「なげけるか、いかれるか、はたもだせるか、きけ、はてしないわだつみのこえ」と。また、ある者は絵画に昇華させた。長野県上田市にある無言館に収蔵された遺作は画道を志望しながら戦場の露と消えた学生たちの無念さと若い命の輝きを、今なお訴えつづけている。

死者は記憶されることで生きつづける。彼らは各自の苦悶と葛藤をどのように解決しようと試みたかに思いをはせるとともに、わだつみの声は永遠に語り継いで平和の礎《いしずえ》としたい。

『歎異抄』第三章の思想は、「悪人正機」にあり、阿弥陀佛が本願を建立して浄土に救い取ろうとした本来の目的は悪人たちのためであったと説く。すなわち悪人というのは、いくら自分で善行をやろうとしても、しょせん自力では何ひとつできないことを自覚した人のことであり、絶対的な権力に服従せざるをえない無力な人間のことをいう。

自身の罪を自覚し、悪人としての痛切な反省のうえに立ち、親鸞を信じ、彼なりの宗教観を習得した夫の従容たる生と死に私は思いをはせる。

悟りや救いは証明できずただ信ずるのみ、信じられるか否かが問題である。親鸞は阿弥陀の本願について「信行受持甚似難《しんぎょうじゅじじんじなん》、難中之難無過斯《なんちゅうしなんむかし》、邪見橋慢悪衆生《じゃけんきょうまんあくしゅじょう》（これを信じ受けとめてゆくのは非常に困難であり、これ以上難しいことはほかにない。しかしその難しいのはあくまで誤った考え方やうぬぼれのためで、素直でないためである）」と説く。

自己中心的な善・悪・幸福感にとらわれる未熟な私自身を省みるとき、忸怩《じくじ》たる思いである。

第七章「念佛者は無碍《むげ》の一道なり」。信者は妨げがない唯一無二の道であるとは自分の存在理由を自身に見るのでもなく、理性が発見した自己中心的なものでもなく、人知を超えた阿弥陀の道であることを悟ることをいう。自己を捨て死地に征く極限状態において到達した彼の透明な境地は、私には永遠の謎として残るかもしれない。

参戦も反戦も死へのプロセス――平和の闘士、長谷川テルほか

一九三七年（昭和十二年）ごろから国民思想の統制が強化され、言論・集会・結社・宗教が規制された。特別高等警察制度（特高）が施かれ、反政府運動や政府批判の思想がとりしまられたが、憲兵も同様な役目を果たした。彼らは私服で巷間の民衆の言動を監視していたので、一般庶民は「見ザル聞カザル言ワザル」の生活の術を身につけ、政府の発表をうのみにした。

こうしてすべての国民が体制順応型にならざるをえなかったファシズムの時代、第二次世界大戦へとなだれを打って突進していたとき、反戦運動に生命を賭けた女性もいた。彼女の存在を知ったのは、死後半世紀以上も経過した二〇〇二年初めのことである。

名古屋市にあるウイン女性企画（一九七四年、高橋ますみによって結成された女性の能力開発グループ）が沢田和子を招いて、「闇を照らす閃光――長谷川テルと娘暁子」のタイトルで講

演会を開催した。また、七二年創刊の伝統ある女性フォーラム誌『あごら』第二五三号（一九九九年九月）は、彼女の特集号であることも初めて知った。一九八〇年には「望郷之里」と題した日中初の合作テレビドラマが制作され、栗原小巻がテルを演じたが、私はそのビデオを見て彼女の生涯に感動した。

テルは一九一二年（明治四十五年）、東京の公務員の家庭に生まれ、東京府立第三高等女学校をへて二九年（昭和四年）に奈良女子高等師範学校文学部に進学した。当時は文部省令による思想統制が顕著になり、帝国大学の社研は解散させられ、共産党員の全国的な検挙がおこなわれていた。河上肇（京都大学）、向坂逸郎（九州大学）が追放されたのもこの年であった。三一年、彼女が三年に進学した年の秋、満州事変が勃発したが、エスペラントを学ぶ彼女は四年生のとき退学処分となった。その後日本プロレタリア・エスペラント同盟に参加し、二・二六事件の年、知人の劉仁と結婚した。翌年の七月、日支事変が勃発したが、四月には反戦運動のため夫と中国に渡っていた。

日本軍は上海・香港・広州・南京へと侵攻、テルは日本のスパイと疑われて追放されるときもあったが平和運動を続けた。流暢な日本語で兵士へ反戦の放送を繰り返す彼女に対し、東京の『都新聞』は、「嬌声の売国奴の正体はこれ――赤い恋に結ばれて渡支した女闘士」と誹謗の記事を載せ、家族は危険にさらされた。しかし、中国における日本兵士の暴挙をまのあたりに見て、野獣以上の残忍さに怒りの炎を燃やした彼女は、ひたすら平和を訴えつづけた。友人への手紙に、「私を売国奴と呼んで下さってもけっこうです。決しておそれません。他国を侵略するばかりか一般国民にも傷ましい犠牲を強いる日本兵士と同じ国に属している方が私はより大きな恥と思います」と書き送った。

蹴飛して黄河の水に没したる捕虜の生首に手を合わす兵
刀身を洗う将校いま斬りし捕虜を黄河の水に蹴落とす

など、当時の戦争体験者（川口常孝氏の歌集『兵たりき』〔翰林書房、一九九二年〕）の記録には鬼気迫るものがある。

「愛国主義は排他主義ではない。エスペラントを効果的に使用し、世界の平和と正義のために人民とともに戦う」というのが彼女の信念であった。

エスペラント語で多くの書物を発行し、平和運動を展開し、周恩来に「日中両国の忠実な愛国心」と称賛されたが、一九四七年（昭和二十二年）、三十五歳で感染症のため死亡した。その三カ月後に病死した夫、劉仁（三十六歳）とともにこの年チャムスの革命烈士墓に葬られた。遺児の暁子は母の足跡を訪ねて来日し、奈良女子大学にも留学した。日本国籍を取得し、日中友好のために尽力しているときく。

平和運動に自己の生命を賭けた鹿地亘（一九〇三年〈明治三十六年〉生まれ）も、東京帝国大学卒業後、プロレタリア文学運動に加盟し、三四年に治安維持法で逮捕された。その後、上海に逃れて魯迅・郭沫若らと交流。桂林・重慶・延安などで反戦を訴えるなど活躍した。さらに日本人民反戦同盟を結成して『人民の友』を発行し、日本軍捕虜の教育にあたったという。

これらの人々に対し、日本国内にいたプロレタリア文学者小林多喜二（一九〇三―三三）は、治安維持法違反で逮捕され拷問によって殺された。また、哲学者の三木清（一八九七―一九四五）は、ファシズムと軍国主義に抗して「新しいヒューマニズム」を主張したが、投獄されて獄死した。

自己の信念を完遂して反戦の旗を翻《ひるがえ》した勇敢な人たちは中国で平和運動をしたが、国内では獄死せざるをえなかった。しかし特別な活動をしなくとも、横暴な憲兵の犠牲になった文人もいた。

特記したい人物に郁達夫《いくたっぷ》（一八九六―一九四五）がいる。彼の生涯は『郁達夫――その青春と詩』（稲葉昭二、東方書店、一九八二年）に詳述されているが、日本留学中、親交の厚かった漢詩人服部擔風詩宗（一八六七―一九六四）の令孫にあたる服部承風師に私が師事している関係上、達夫の境遇や詩風についてもたびたび聞く機会に恵まれた。

達夫は一九一三年（大正二年）、十八歳のとき、当時早稲田大学に留学していた長兄郁曼陀の勧めで来日し、名古屋の第八高等学校をへて東京帝国大学経済学部に入学した。二一年には東京で郭沫若ら留学生の同志と創造社を結成して、文学活動を開始し、中国新文学界の一方の雄となったときく。

八高在学中には同校校友会雑誌や地元の『新愛知』（『中日新聞』の前身）に八十余首の名詩が掲載され、擔風評の付記されたものも多い。愛知県弥富町の擔風の自宅を訪ねた彼の詩に対し、擔風は次のように次韻した。

弱冠欽君來海東　　弱冠にして君が海東に来たるを欽し
相逢最喜語音通　　相逢うて最も喜ぶ語音通ずるを
落花水榭春之暮　　落花水榭春の暮
話自家風及國風　　話は家風より国風に及ぶ

擔風五十歳、達夫二十歳。五歳で父親と死別した彼にとって慈父に接する思いで擔風を敬慕したことが推察され、両者間の多くの唱和の詩に温かい心の交流がしのばれる。名古屋を去って上京するとき、達夫は擔風に、「……瓣香して倘《も》し涪翁の排を学ばば、惜しまず千金繍糸を買うを」との謝意の詩をおくり、擔風は、「……春風は解せず離緒を繋ぐを、吹き乱す城中万柳の糸」と次韻して別れを惜しんだ。

魯迅における藤野先生が達夫にとっては擔風先生であったともいわれている。

東京に移った達夫は、出世作『沈淪』を書くが、中国政府から支給されていた毎月五十二円の学資が政変のために途絶え、経済的な苦悩や留学生としての寂寞感を綿々と綴った作品のようである。

一九二二年(大正十一年)、学業をおえて神戸から船で帰国したが、昭和の代となって満州事変勃発をへて日支事変となり、彼の消息も途絶えがちになった。戦時中、とくに反戦運動をした記録もないらしい。名を隠して姿を晦《くら》まし、中国南方で小さな飲食店のようなものを経営しながら、戦乱のなかを生きぬいたようである。四五年八月二十九日の夜、日本の憲兵に呼び出された彼は、寝巻き姿の木履《ぼっくり》のまま家を出て、そのまま帰らなかった。彼は日本語が巧みであったが、たまたま口からもれたその日本語のため、生命を奪われた。敗戦直後のことだった。なんという残酷で不幸な終末であろう。日中両国にとって偉大な文人の喪失に無念さと哀惜を覚え、日本軍の横暴さに憤懣やるかたない。彼らは十五年戦争を通じて何百万という良民や有能な逸材を故意に葬ってしまったのである。

一九九八年（平成十年）、名古屋大学豊田講堂の傍らに第八高等学校同窓生によって郁達夫の記念碑が建てられ、「沈淪」の銘が刻まれた。

「除幕式には郁の令孫を招待することもできました」と、服部承風門下生で八高出身の川原田邇風氏から碑建立の様子をうかがったのは、彼の死後半世紀あまりを経過したときであった。

（あおき・みか　名古屋女子大学名誉教授）

第2章

あるキリスト教徒校長と戦争

——なぜ戦争に反対できなかったのか

佐藤明夫

十五年戦争がはじまったとき、地域で指導的な立場にあり、見識も良心も信念もあった日本人がどんな行動や発言をしたのでしょうか？　私の父親である佐藤信夫の歩みと言動を例にして、振り返ってみることにします。

戦前の日本人は、なぜ戦争に反対しなかったのか？なぜ戦争を防ぐことができなかったのか？という疑問への答えにはならないにせよ、考えるひとつの材料にしてもらえればありがたいと思います。近親者の記録のために甘すぎる評価になった点もあるかもしれませんが、基本的な経歴や事柄は事実を記述したつもりです。

軍国少年と新渡戸稲造

父、佐藤信夫（以下、信夫と表記）は大日本帝国憲法が発布された年の一八八九年（明治二十二年）、郡役所の官吏をしていた佐藤孝一の長男として、福島市で生まれました。庄内藩（山形県）の下級武士の家系であり、曾祖父は国学を学び熱心な尊皇攘夷論者であったようです。そんな生育環境から忠孝を基本とする上下関係にきびしい儒教道徳が身についていました。また、五歳のときに日清戦争、十五歳のときに日露戦争を体験し、富国強兵・領土拡張・戦争賛美の雰囲気のなかで成長しました。従兄が入学した海軍士官を養成する海軍兵学校にあこがれましたが、近視のために断念し、悔しい思いをしました。

信夫は一九〇七年（明治四十年）、福島中学を卒業し、第一高等学校（現・東京大学教養学部の前身）に入学しました。この学生時代に彼は思想的に大きく転換しました。日露戦争後の日本は戦争政策による重税が民衆を苦しめ、資本主義の発展による貧富の差はいちじるしく、社会主義も唱えはじめられますが、治安警察法による弾圧もきびしさを増していました。学生たちもそれまでの大国をめざした戦争政策に疑問をもつようになりました。信夫もその一人で、進路や人生に悩みます。

その彼に強烈な影響をあたえた人物が、当時の第一高等学校の校長だった新渡戸稲造[1]です。新渡戸は現行の五千円札の顔として知られますが、札幌農学校でクラーク博士の感化を受け、キリスト者になり、農政学を専攻しますが、一高校長時代の教育者としての実績や一九一九年（大正八年）からの国際連盟事務局次長として国際平和に尽力した活動が高く評価されています。信夫は新渡戸を敬愛し、新渡戸と同じ農政学を学びはじめます。新渡戸の代表作『修養』や『武士道』は終生の愛読書でした。

しかし、かつての軍国主義思想から転回することは容易なことではなく、悩み、肋膜炎を患い、休学して帰郷し福島で療養しながら思索生活を過ごします。そのなかで新しい生き方の選択を決断した信夫は、健康を回復して復学すると東京帝国大学の農科に進学し、同時に大学も近く、恩師新渡戸の友人でもある海老名弾正[2]が牧師をしていた本郷教会で一九一二年

（明治四十五年）、洗礼をうけました。海老名はのちに同志社大学の総長になりますが、天皇崇拝とキリスト信仰とを両立させる国粋的な日本独自のキリスト教を提唱した宗教家です。天皇崇拝という点では信夫も強く共鳴します。海老名牧師も信夫に目をかけ、六年後に彼が福島で結婚式をあげたときには、海老名が司式を担当しました。

このころは進歩的な文化人や知識人にキリスト教徒が比較的多かったとはいえ、周囲の反対を押しきっての入信であり、中央での立身出世の道との別れでもありました。保守的な地方では「アカ・ヤソ」とひとからげにして、危険思想とされることも少なくなかったのです。信夫は近代化の陰に取り残された農業の振興と農民の貧困からの脱出を実現させるのが夢でした。大学を卒業すると農業学校（現在の農業高校）の教師として就職しました。

クリスチャンの理想と摩擦

信夫は福岡県・福島県・静岡県の農業学校を歴任し、静岡県立藤枝農学校には三十二歳の若さで教頭として赴任します。彼はもともと儒教道徳の影響をうけて謹厳実直な性格であったのに加えて、洗礼を受けてからは牧師のような潔癖な生活態度を守り、禁酒・禁煙をモットーとして宴会には出席しないという状況ですから、教師仲間からはずいぶん煙たがられ、摩擦もあったようです。信仰活動も熱心で、毎日曜日教会に通い、クリスマスなどには貧民街にプレゼントを配布するボランティア活動もしました。地域の有力者などから「ヤソ教師は困る」との声があがりましたが、本人は意にかいしません。学校では文理どんな教科でも担当し、キリスト教ヒューマニズムを説くと同時に忠君愛国論者でもあったのですから文句のつけようがありません。校長が音をあげていたところ、むしろ評価する理解者もあり、当局は日本の地方都市ではもっともキリスト教がさかんな群馬県の安中町に転任させる措置をとりました。

信夫は一九二四年（大正十三年）、群馬県立養蚕学校の教頭に赴任しました。安中町は同志社を設立し、前記の海老名牧師の恩師である新島襄[3]の生地であり、伝統的にキリスト教活動がさかんで、町長をはじめ町の有力者の多くが信者でした。信夫のようなキリスト者教師にとってはもっともめぐまれた環境の地でした。しかも、当時の安中教会の牧師は非戦論者として有名な柏木義円[4]でした。柏木も新島と海老名に師事しましたが、強烈な反戦・非戦論と社会批判を主張した宗教家として知られます。

柏木は信夫が着任する少し前の第一次世界大戦への日本の参戦を非難し、軍縮論を強調しています。日本の朝鮮支配にも批判的で、とくに日本人牧師によるキリスト教の布教が植民地政策に利用されていることに警告しました。信夫が安中にいた一九二五年（大正十四年）から教会の機関誌の性格をもつ『上毛教界月報』に「本紙の主張」として七カ条を掲載します。

それには「一、われらは無戦世界の実現を望み、軍国主義の廃滅を期す。一、われらは道義の根本を人格の絶対的尊厳と良心の絶対自由に置かんことを期す。一、われらは思想言論の絶対自由を主張す」などの文章が中心で、平和主義と民主主義を明確に主張するものでした。この七カ条は『上毛教界月報』がたびたび発禁処分を受けながら、発行を継続した日中戦争期まで掲載されました（伊谷隆一『非戦の思想』〔紀伊國屋書店、一九六七年〕を参照）。

信夫は柏木牧師にも大きな影響を受けます。晩年まで安中の二年間は楽しかったと語っていました。彼の天皇崇拝・愛国心というナショナリズムは変わらなかったものの、キリスト教精神に基づく非戦思想に共鳴し、社会悪の改革を考えるようになったようです。

一九二六年（大正十五年）、岐阜県安八農学校（大垣市）の校長に任命され、安中町から大垣市に移ります。三十八歳の中等学校の校長は、岐阜県では最年少でした。このころになると人柄も丸くなり、信仰心は内に秘め、対人関係も良好であり、指導力を発揮したようです。新渡戸や柏木の考え方にそって、台湾や朝鮮の青年を留学生として受け入れ、下宿の世話や日常生活の面倒をよくみました。長期休暇などに帰省できない留学生を自宅に呼んで、食事を一緒にしたり子どもたちと遊ばせたりしました。

地域との交流にも熱心で、当時としてはめずらしい温室を設け、果物や野菜の品質改良や栽培技術の普及をおこない、西濃地方の農業文化センターの役割を果たすことに努力しました。一方では大垣教会に籍を置き、子どもたちを教会の日曜学校に通わせ、物心両面を支える存在でした。有名人を学校に招いて生徒に講演をきかせる行事をおこなっていましたが、賀川豊彦を講師として依頼しています。信夫はキリスト者である賀川のヒューマンな小説「一粒の麦」などの愛読者でしたが、賀川は労働運動や農民運動の全国的な指導者でもあったのですから、治安維持法が制定されていた時期としては、大胆で勇気ある企画でした。天皇制の範囲内での民主主義とヒューマニズムを伸長するという大正デモクラシーの風潮が肌にあい、生き生きと活動できたのでしょう。公立の学校長がキリスト教徒であるという変わり者にも、世間はこの時期にはまだ寛大でした。

しかし、いっさいの反政府運動や反戦思想・自由主義思想の弾圧を可能にする治安維持法は、猛威を発揮しはじめます。一九二八年（昭和三年）の三・一五事件以後、社会主義者や同調者はつぎつぎに検挙され、牢獄に送られました。三一年の十五年戦争の開始となる満州事変では、新聞がこぞって満州の武力侵攻を正当化し、中国を罵倒するキャンペーンをおこないます。名古屋では中央の新聞社に加えて、『名古屋新聞』と『新愛知』のライバル同士が軍事講演会・ニュース映画上映会・慰問金募集などの国策推進事業で競争し、民衆を煽ります。愛知県下では事変後の一年間で、行政や青年団・学校などが開催した集会は五百回に及び、民衆を動員して皇軍激励の決議をして、神社参拝などをおこないました（江口圭一『日本

帝国主義史研究』〔青木書店、一九九八年〕を参照）。

戦争動員と少数者への迫害

行政もマスコミも学校も芸能も民衆の侵略戦争への支援参加を煽り、煽られた民衆の意識は理性を失って過熱化します。熱狂した民衆は戦争支持の画一的な行動を要求し、少数意見を異端視して排除するようになります。このころから排外行動に同調しないことが多いキリスト教徒と社会主義者・自由主義者を異端として標的にし、排除するムードが広がりました。その踏み絵のひとつとして利用されたのが神社参拝でした。

そうしたことからミッションスクール（キリスト教主義の学校）に対する風当たりが強まります。一九三二年（昭和七年）に開校した名古屋の南山中学に対して「外国人の日本の侵略手段」というデマが流され、生徒募集はきわめて困難でした。『南山中学の歩み』（一九六四年）では、「教室で教師たちは日本精神を説き、神社参拝と皇室・軍関係には心をくばり『蛇のごとく敏く、鳩のごとく素直に』難局に善処しなくてはならなかった」と回顧しています。

金城女学校では学校行事として神社参拝をしないということを右翼から攻撃され、全校生徒と職員が護国神社への集団参拝をします。名古屋中学では学校行事として参拝をしていましたが、藤川校長は個人の信念として参拝をしなかったために攻撃され辞職を余儀なくされました（各学校史を参照）。

信夫は彼の属する日本キリスト教会が神社参拝を認めていたこともあり、彼の考え方は日本の神や天皇崇拝とキリストの礼拝と両立する立場でしたから、国が認可した神社であれば参拝することにしていました。ところが思いがけない事件が起こり、日本的キリスト者だった信夫にも火の粉がふりかかることになりました。

信夫の住む大垣市に「美濃ミッション」というキリスト教の団体が活動していました。これはアメリカ人のワイドナー女史が設立したもので、純粋なキリスト教活動を方針とし、幼稚園を経営していました。約十五年間はなんの問題もありませんでした。信夫も長女を「美濃ミッション」の幼稚園に通園させていました。しかし、前述したような満州事変以後の異常な排外熱が災いになります。一九三三年（昭和八年）、美濃ミッションの信者の子弟三人が伊勢神宮の参詣を目的にした修学旅行を欠席しました。このことを契機にしてキリスト教攻撃運動が大垣地方に燃え広がりました。

すぐに保護者が学校に呼び出され、圧力がかけられます。説得が失敗すると大垣警察署が保護者と牧師を呼び出して恫喝するという乱暴なことがおこなわれました。同時に地方新聞の『美濃大正新聞』が大々的な「美濃ミッション」撲滅のキャンペーンを展開し、まさに「魔女狩り」に市民を煽りたてました。新聞社が排撃市民大会を開催し、三千人が集まって「教団の活動停止と幼稚園の閉鎖」を決議し、「帝国の版図から悪思想を駆逐せよ」という声明文を発表します。その数日後には教団本部に群衆が押しかけ、乱暴をはたらくという暴力事件まで引き起こしたのです。教団は宗教活動を停止せざるをえませんでした（魚次龍雄「美濃ミッション排撃事件」〔歴史教育者協議会編『語りつぐ戦中・戦後Ⅰ』所収、労働旬報社、一九九五年〕を参照）。

これは民衆ファシズムの典型であり、かつての在日朝鮮人へのいやがらせや最近の九・一一のアメリカ同時多発テロ事件後のイスラム教徒への迫害と共通するものがあります。マスコミや行政の煽りや洗脳によって、民衆の正気が失われ、狂気が支配したものです。さすがに新聞や行政はキリスト教徒一般は批判や攻撃の対象にはしませんでしたが、心ない民衆のなかにはキリスト教の教義を非難したり、既存の教会や日曜学校の活動を妨害する動きもあらわれます。そうした立場からの新聞投書も掲載されますが、信夫は「佐藤生」として長文の反論を同じ『美濃大正新聞』に発表しました。その趣旨は「美濃ミッション」の参拝拒否を日本の文化と歴史を理解していないとたしなめる一方、キリスト教の教義と国体（天皇制・国家神道）は両立できるとの考え方を冷静に理性的に述べたものです。現在であれば体制への妥協との異論もあるでしょうが、日本キリスト教会の考え方でもありました。この反論が大垣市の一般キリスト教徒たちを守る役割を果たしましたが、一方では治安警察や右翼にマークされたと考えられます。当時の大垣教会の朝倉牧師はのちに、「佐藤先生の闘志と勇気に敬服させられた」と語っています。

信夫は、美濃ミッション事件の前後に別の分野でも、当局の神経を刺激するような活動を展開していました。彼は一九三二年（昭和七年）から同窓会誌『安農の光』を毎月発刊、全卒業生に無料で配布し、一般希望者（農村青年を想定）にも販売しました。この冊子には実用的な農業技術の啓発記事もありますが、信夫は毎号巻頭に産業組合主義を提唱する論文を書いていています。産業組合は大恐慌で疲弊した農村救済のために政府が推進した農村更生運動の柱のひとつですから時流にそった主張ともいえます。しかし、異色なのは産業組合の必要性を説く論拠として、現在（一九三〇年代）社会が資本主義経済の行き詰まったあらわれであるとし、資本主義の弊害・欠点を繰り返し過激に批判していることです。

社会主義の長短についても論じていますが、「若い血に高なる青年学徒がマルキシズムに走るのも一理はある」などと、同情的に述べています。美濃ミッション事件の直前の一九三三年三月に発行された『安農の光』に、「産業組合主義の社会へ進め」と題して長文の論文を発表していますが、そのなかには次の表現があります。

「現在の世の中は、有り余る物の中で人々が餓死する時代である。何万という米俵の入っている深川の米倉庫の蔭に、三日も飯を食べてないルンペン（浮浪者）が何十人となく野宿しているのである。就職難は学生を脅かし、失業は労働者、サラリーマンを恐れさせる。一体これは何によるものであろうか。すなわち資本主義経済、自由競争主義がしからしめたのである」

この当時の彼は農民や弱者を直撃する資本主義に怒り、それを利用しての侵略戦争の拡大に危機感をもっていました。それが産業組合主義を大きく逸脱する資本主義批判や社会改革論を主張しつづける原動力になっていました。当時の彼はかつて傾倒した柏木義円の考えにもっとも近づいていました。

左遷と屈服

ヤソがアカのような社会批判を公然と発表したことになります。めざす社会改革はマルキシズムの考え方とはまったく違い、良心に基づく異議申し立てではあっても、治安当局からすれば「非国民」と同一の部類に入りますから、放置するはずがありません。おそらくその意を受けた県は一九三六年（昭和十一年）、二・二六事件の翌月、突然に信夫を郡上農林学校に転任させました。

山間の八幡町にある郡上農林は三年制（安八農林は五年制）で、生徒数は百五十人の少数であり、県内第二の都市にあった安八農学校からみれば完全な左遷で、だれが見ても「みせしめ」ということがわかります。それまで農業教育者としては順調なコースを歩み、自負とプライドをもっていた信夫にとっては、大変な屈辱でありショックでした。「アカ攻撃」の恐ろしさを思い知らされ、初めて時流にそむいて異議申し立てを続けることの危険を悟ったのではないでしょうか。しかも、彼が扶養せねばならない家族は十人の大世帯であり、家長としての責任の重さも痛感したことでしょう。

この左遷体験が彼の思想と生き方を変えることになります。公的な場ではキリスト教徒であることを思わせる言動はいっさい慎み、逆に必要以上に天皇・皇室に対しての畏敬を表明し、忠君愛国教育を推進しました。翌年の日中戦争の開始と拡大につれ、戦争推進の国策にも協力します。職員に毎朝、「御真影」への礼拝を強制し、家庭でもラジオのニュースが皇室関係の報道をすると、食事中でも正座させて、報道が終わるまでお預けです。学校行事にしても、中国の要地を占領すると全校生徒が神社礼拝をし、出征兵士の見送り、軍人による戦意高揚の講演、耐久行軍などをおこなっています。どこの中等学校でもおこなわれたことですが、異議を唱えた形跡はありません。山村が多く耕地の少ない郡上郡の事情から満州への開拓移民の募集がさかんにおこなわれ、郡上農林でも満蒙開拓青少年義勇軍への勧誘がなされて、一九三八年（昭和十三年）には十人の生徒が入隊しました（『郡上五十年史』〔郡上高等学校、一九七二年〕参照）。

信夫は外見的には時流に妥協し、ふたたび軍国主義者の道を歩みはじめたように見えますが、一面では必死に信仰を維持しようともしました。八幡町にはキリスト教会がなかったので、月に一回、大垣教会の朝倉牧師を自宅に招き、家族とごく少数の信頼できる信者だけで、ひそかに礼拝集会をおこないました。五人の子どもたちには聖書をひらがななどに書き直した自作のテキストを与え、日曜日などに聖書の朗読会を家族で催しました。彼を信仰に導いた新渡戸は親米主義者として軍部の攻撃にさらされ一九三三年（昭和八年）に没し、孤独感は深まるばかりでした。まったく権力に迎合したのではなかった事例として、防空演習の指導にきた消防団員が火たたきの説明を始めたところ、空襲災害がそんなもので防げるはずがないと中止させたとか、神社参拝をするときは格式のある神社に限定したことなどが伝えられています。ささやかな抵抗とも言えない事例ですが、その程度の言動が気骨のある教育者として、職員や生徒の信望を集めたようです。生徒に対しては小人数の利点を生かし、人格教育をほどこしました。卒業生のなかには信夫の写真を座敷に掲げたり、没後も墓参りをするなど一定の影響はあったようです。

忠君愛国教育は信夫の少年時代に身についた心情であり、師の海老名も認めたことで抵抗はあまりありませんでした。しかし、大陸への侵略戦争に協力することには、苦しんだことが推定されます。日中戦争が開始されたころから学生時代の病疾（結核）が再発し、胃腸も心臓も悪くしばしば寝込んでいます。客観的には戦争に抵抗せず、加担・協力する学校経営でした。皮肉なことにこのような姿勢を当局は評価します。

左遷の取消しという意味もあってか、一九四一年（昭和十六年）一月、高山市の県立斐太中学の校長に任命されます。農業系中等学校から普通中学への校長は異例であり、栄転といわれる人事でした。この年の十二月八日、アジア太平洋戦争が開始されます。高山に移ってからはもう日曜礼拝も開かず、子どもたちに聖書を読ませることもなくなりました。学校でも郡上農林以上に国策に協力し、生徒たちに軍国教育をほどこし、予科練などの少年兵への志願や軍の学校への進学を奨励しました。

ただ、家庭では二人の男子には一言も軍人になれとは言いませんでした。二人の兄弟は中学二年と小学校五年でしたが、心身ともに虚弱で一九四二年（昭和十七年）五月から二人そろって微熱がつづき、あとで考えると不登校症状でしょうが、結核の疑いと診断されると、何も言わずにすっぱりと二人とも休学させました。休学して元気になった長男が、四四年にみずから海軍兵学校を志望して合格すると、信夫は大変に喜びました。妻の話によれば、教え子の多くを戦場に送ったことを気にしており、自分の長男を軍人にすることで、申し訳がたつという心境だったそうです。

一九二一年生まれの長女と二五年生まれの次女は、高山市に移ってからもキリスト教会に出席し、信夫も遠方から牧師が訪れると喜んで接待し、クリスチャンの立場は続けました。四三年ごろ、信夫は朝会か何かで「英米人を鬼畜視しているが、英米人の中にも優れた人がいる」と訓話し、問題になったことが記録されています（『斐太高校記念誌――斐高七一年』）。そのために職員会議で軍事教練の教官（将校）と論争し、その責任をとって、辞職したと生徒や親のあいだではうわさされたそうです。病気による退職が真相で、体調は悪くなる一方で、とくに、胃腸と心臓はぼろぼろの状況でした。一九四四年（昭和十九年）三月に五十五歳で退職しました。その後、岐阜市の夜間中学の主事に病気を療養しながらでよいという条件で依頼され、岐阜に引っ越しました。十二月から名古屋地方への空襲がはじまり、警報のたびごとに庭の防空壕に避難していたことから風邪をこじらせ、四五年一月六日、病死しました。一種の二次戦災死ともいえます。遺志により葬儀は岐阜市のキリスト教会でおこなわれました。辛うじてキリスト者としての信仰を守ったといえるでしょう。その半年後に日本は敗北しました。

日中戦争開始後は中等学校の校長として戦争に加担協力した生涯であり、もし、健康で現職のまま敗戦を迎えたとすれば、戦犯の指名は免れなかったでしょう。平和主義者の新渡戸や柏木の薫陶をうけ、人間教育をめざしたクリスチャンが、なぜ戦争に反対できず加担・協力者になってしまったのか。明治中期の大日本帝国憲法の定着期に軍国教育とナショナリズムによって洗脳され、皇室・天皇・国家への従属から自立できなかったことが、最大の理由のように思われます。いずれにせよ、この一文を歴史的教訓にしていただければ幸いです。

（さとう・あきお　元愛知県立高校教員）

〔付記〕
基本的な事実や信夫の言行については、佐藤望『佐藤信夫小伝』（私家版、一九九八年）を利用した。

注

（1）新渡戸稲造（一八六二―一九三三）盛岡藩出身。札幌農学校卒。渡米してクェーカー教徒になる。キリスト教と東洋思想の融合をめざす。一九〇六年から一三年まで、第一高等学校長として人格主義教育をほどこした。一九二〇年から二六年まで国際連盟事務局次長として、国連活動に貢献。反軍言動から圧迫をうけた。

（2）海老名弾正（一八五六―一九三七）柳川藩出身。熊本洋学校に学び、入信。新島の同志社に入学、発展に寄与。一八九七年から一九二〇年まで、東京本郷教会牧師として活躍、学生に多大の影響。二〇年から同志社総長。神道との折衷や国家道徳への寄与を唱えるなど柔軟な信仰論であった。

（3）新島襄（一八四三―九〇）安中藩出身。一八六四年アメリカに密航、就学、入信、七五年同志社創立。大学設立運動中に急死、群馬県安中市には生家が保存され、崇拝者が多い。

（4）柏木義円（一八六〇―一九三八）新潟県出身。同志社に学び卒業。一八九七年に安中教会牧師に就任、

以後、昭和初期まで継続。『上毛教界月報』を創刊、日露非戦論、社会主義の紹介、反戦ファシズム批判など鋭い時論を展開した。

（以上、『日本近現代人名辞典』〔吉川弘文館、二〇〇一年〕参考）

第3章

「皇国史観」の教育のもとで

——幼時を樺太で過ごして

竹田綾子

樺太（サハリン）戦前事情

私は一九二四年（大正十三年）に三重県津市で、当時の鉄道省名古屋工作局技手の次女として生まれた。一九二四年といえば関東大震災の一年後であり、二五年には普通選挙法（長い間の粘り強い大衆の運動の結果、やっと勝ち取った権利であった）が、治安維持法と抱き合わせで日の目を見た年である。そしてこの年の十一月には、右翼国粋団体の原理日本社が蓑田胸喜と三井甲之によって創立されている。この蓑田胸喜こそはのちに天皇機関説などで美濃部達吉を攻撃し、また東京帝国大学で矢内原忠雄教授を攻撃して辞職させるなど、加盟している大学生を使ってリベラルな教授や学者を攻撃の的にしていた人物である。時代は大正リベラリズムの終焉から、大陸への侵略戦争に向かっていく。

祖父が米の先物取引で相場が暴落して失敗し、生家は銀行からの借金の抵当に入り、生母はそのなかで病死してしまった。私が生まれて二年後のことだった。養子であった父は鉄道省を退職して、その退職金を借金の一部返済にあてて、当時官吏の俸給は外地では内地より高かったので樺太鉄道局へ移った。南樺太は日露戦争の勝利によって（このときロシア帝国は敗亡したとは認めていなかったが、革命のため早期解決を望んだためといわれている）一九〇五年（明治三十八年）十月のポーツマス講和条約で、北緯五十度以南が日本に割譲された。以来、日本人が内地から渡島して、開発経営にあたっていた。何よりも鉄道を敷設して人員や物資の輸送ができるように急いだ。そのため内地の鉄道技術者を募集していたのである。生母を二歳で失ってから、私は一時他家へ預けられたり祖母のもとで姉・兄とともに育てられたりした。そして、六歳のときに樺太の父のもとで暮らすことになったのである。

そのころは父のもとへ新しい母が来ていた。父は樺太庁の所在地である豊原（現・ユージノサハリンスク）の樺太庁鉄道局豊原工場の主任として働いていた。機関車・客車・貨車、すべての鉄道車両の修理そのほかのいっさいの仕事をしていて、父のもとで働いている職工さんは、およそ百人以上いたと思う。工場は第一、第二、第三と立ち並んでいて、鋳造・鍛造から製缶・施盤そのほかのたくさんの部門に分かれていた。職工さんの出身地は、東北・北海道が大部分だったと思う。あるとき父のもとで働いている若い職工氏が遊郭で遊びすぎて代金が支払えずに、世にいう「たこ人夫」に落とされたということで、相当額の金額を持って父が助けにいったことがあった。豊原と真岡とのあいだの鉄道敷設工事は、樺太山脈が通っていて大変な難工事であり、たくさんの人夫が酷使されて死んだという。おもに朝鮮から連れてこられた朝鮮人が従事していたらしい。佐藤紅緑が一九二八年（昭和三年）六月から『少年倶楽部』に連載していた「紅顔美談」は、当時の多くの少年たちに愛読されていた。奥秩父へ遊びに行った中学生三人のうち一人が誘拐されて、たこ人夫に売られ、友人が苦心して

大衆雑誌『日の出』と『キング』

救出する物語だ。

当時、労働組合法や労働基準法はないから、末端の労務管理は棒頭《ぼうがしら》というやくざ出身の男たちの有無を言わせない暴力で支配され、人夫たちは飢餓と過労・病気によって、ときには棒頭に殴り殺されて、名前も出身も不明のまま落葉松やとど松の林のなかの土に埋められていったのである。たこ人夫というのは、飢餓に追いつめられ、ついに自分の手足を食べて死ぬのだという俗説からきたものだという。

私たちの幼いときにはテレビなどなく映画が唯一の大衆娯楽だった。そのころ『キング』と並んで大衆雑誌としてよく一般家庭で読まれていた『日の出』に「緑の地平線」とかいう連載の小説があったが、やはり東北の田舎から北海道へ働きにきた青年が無一物で空腹に耐えかねて無銭飲食をし、店の用心棒につかまえられて、たこ人夫に売られるというストーリーであった。映画化されたのを母と一緒に見た記憶がある。正確には覚えていないが、幼い心にそのおそろしい光景は、かなり強烈に記憶されている。映画や小説に取り上げられているのだから、かなり世間一般に知られていたのではなかろうか。父の話では、そこで働く労働者は賃金の支払いはあるが日用品が外の一般社会の値段の十倍近くで、差し引かれると賃金がなくなるか借金が増えていく仕組みで、結局力つきて死ぬ結果になるという。親類・縁者があれば助け出されるが、無銭飲食した金額の何十倍も支払わねば助けられないのだ。たまりかねて逃亡をはかる者はつかまると全員の前で見るに耐えない暴虐な扱いで殺される。佐藤紅緑の「紅顔美談」にもその光景は活写されている。小説では真岡中学校の柔道部の部員十数人が応援して脱出を手助けして成功するストーリーで、当時の樺太の小学校上級生から中学生たちの多くは、スリリングな筋運びに引き込まれながら読んでいたと思う。私が仲のよかった友達のお兄さんが紅緑の愛読者で、『少年倶楽部』の連載終了後、講談社が単行本として出した本をたくさん持っていたので、次々と借りて愛読した。そのなかにこの「紅顔美談」が入っていた。

挿絵は斎藤五百枝という画家で、コンテを使った柔らかいトーンの絵を描いた。清潔な少年のイメージが印象に残っている。このころの少年少女に大きな影響を与えたのは大日本雄弁会講談社という出版社で、『幼年倶楽部』が小学校中級まで、小学校上級から中学校上級までは『少年倶楽部』『少女倶楽部』、成人向きには『キング』『婦人倶楽部』『富士』が出版されていた。おもしろくて、ためになるとのキャッチフレーズで一九三五年(昭和十年)には『少年倶楽部』だけで五十万部売り上げていた。よくも悪くも全国規模の少年文化の担い手となったのである。

　佐藤紅緑は『少年倶楽部』にも次々と連載して、少年少女に大きな影響を与えた。私も小学校時代にはもっぱら佐藤紅緑の愛読者で、貧しい少年・少女が逆境にもめげずに努力して自分の未来を切り開いていくその姿や、周りの義侠心にあふれた友達や大人たちにどんなに励まされなぐさめられたことだろう。また「紅顔美談」などで、この社会に存在するおそろしく醜い裏面を知らされたこともあった。父のもとで働いている職工さんたちのほとんどは、小学校卒か高小卒の人であり、東北や北海道の農村や漁村出身のあまり裕福とはいえない階級の人たちでわが家へもまれに金を借りにくることもあったし、家族が不意の不幸に見舞われることもあった。父は勤務以外にいろいろと相談にのって世話をしていたようだ。

　また、内地では一九三一年（昭和六年）に満州事変が始まり、思想弾圧がきびしくなるにつれて、高学歴のリベラルな人たちがそれを避けて樺太へ来ることもあったのではないかと思われる。「T君は赤門出の秀才らしいが、何か事情があったのかなあ」と、夕食時に父がふと洩《も》らしていた。無口で柔和な人であったことを覚えている。後に高い地位に就いて、父のもとへ年賀状が来ていた。

　鉄道線路から西へは草原が広がっていて、その西側に二戸ずつ連なった鉄道官舎が五列ぐらい一キロメートルほどの長さで建っていて、そこに鉄道関係の職員が住んでいた。線路の

豊原市立第三尋常小学校

東側は豊原駅で、ときどき巷の雑踏が聞こえてきた。豊原駅近くの裏通りには向かいあってプリンスというカフェが建っていて、前を通ると二階建ての窓から若い女性の嬌声が聞こえたり、赤や青のネオンが妖しい光を放っていた。鉄道官舎の建っている界隈から少し坂道を南へ下ると、○○楼とかいう名前の大きな遊郭がいくつも立ち並んでいた。そこから真岡へ通じている大きな道路を北へ通り越したところに、私たちの通う豊原市立第三尋常小学校があったのである。近くには北辰神社という神社があり、その北側を鈴谷川という川が流れていた。神社の東には大きな養狐場があって、そのずっと東には料亭がいくつかあった。

私たちの学校へは遊郭からも料亭からも子どもが通ってきていた。また、鉄道官舎の北の道をどんどん西へ進むと鈴谷川を渡る大きな橋があり、それを渡ると愛知団体というおそらく農業移民のような組織であったのではないかと思われる開拓農民の部落があって、そこからも生徒が多数来ていたのである。そしてそれを取り巻いて商業を営む人たちから第三小学校は成り立っていたといえよう。豊原市には樺太庁が置かれていて、樺太庁長官が最高の行政権をもっていた。樺太庁は豊原市の東に位置していて、その周りに樺太庁に勤める職員の官舎があった。そのあたりには庁立博物館、豊原中学校、豊原高等女学校と大きな道路沿いに東から順に並んでいた。その道路を東へ向かって進むと、樺太神社という大きな神社が高さ八百メートル近い山の中腹に建っていた。そのため道路は神社通りと呼ばれていた。神社通りは、樺太神社と豊原駅を一直線につないでいたのである。少し脇に入ると緑の美しい白樺の林のなかに長官官邸があり、内地から宮様（皇族）が来られるとそこに宿泊され、私たちは日の丸の小旗をもって官邸の前で万歳、万歳と叫ばされたのであった。

この地域の子どもは第二小学校という学校に通学していた。第一小学校は、豊原市の北東にパルプ工場が立ち並んでいて、ここの労働者の子どもが通っていた。また、古い樺太に昔から住んでいた白系ロシア人の家族が数家族あって、オーシップと呼ばれていた。樺太に初めて日本人が渡ったのは、文献によると一六二四年（寛永元年）で、ロシアがやってきたのは一八〇三年（享和三年）であるとか、ロシアも樺太の南方の一部を日本が占領したのは認めるが、北のほうにはロシア人が来ていたと主張しあっている。

一八五五年（安政二年）の日露通好条約（下田条約）で、別に境界を定めず両方のものとしたのである（高野雄一『国際法から見た北方領土』岩波書店、一九八六年）。その後一八七五年

（明治八年）、樺太千島交換条約で日露両属であった樺太全島をロシア領と認める代わりにウルップ島以北の全四島を日本領と認めて、カムチャッカ半島と占守島のところで、両国の国境線を引いた。その三十年後にポーツマス条約によって旧南樺太を日本領として獲得したのである。一九〇五年（明治三十八年）のことである。オーシップ家はロシア領からそのまま居残った。そしてたくさんの子弟のうち、マリヤという女の子は、五、六年生では私と同級生だった。姉はフランニヤといって豊原高女を卒業して、今はドイツに住んでいるという。マリヤはどうしたか、その後の消息は不明である。また、朝鮮人の子どもも私たちの学年に何人か来ていた。おそらく強制的に連れてこられていろいろな労働に使役させられた親をもっていたのではないかと思われる。金という男の子と李という女の子で、私は三年生のとき同級生だった。樺太は十一月の初めに初雪、そして雪解けは四月いっぱいかかる。冬、寒いときは氷点下四十度以下になることもある。積雪は家の高さぐらいに及ぶこともあり、雪の朝はまず戸口から雪を取り除くが、道路が屋根の高さくらいにまでなることもしばしばで、学校へはスキーで通うこともあった。吹雪のときは、サイレンが鳴って休校になる。雪だまりに踏み込むと生命の危険もあるからだ。こんな過酷な自然のなかだから、農業の営める期間は半年くらいで短い。開拓農家は農地を大きくはできただろうが、過酷な生活だったであろうと思われる。そこから来ている女生徒は貧しい様子で、小学校では当直の先生用におふろをわかすと交代で彼女たちを入浴させていた。私はそのころ学級の級長をしていたので、その子たちとの連絡を取っていたのである。

三つある市内の小学校では、わが第三小学校は階層でいえば鉄道労働者や農民、そのほかの無産階級が主であるといえようか。樺太では沿岸地帯の大泊（現・コルサコフ）、真岡（現・ホルムスク）などではたくさんの水産物が水揚げされていたから、水産加工業も発達していた。また川上炭田からは石炭も採掘されていて、その根拠地ではかなりのにぎわいを見せていた。針葉樹の深い森林が島を蔽《おお》っていたからパルプ資源は豊かで、製紙業をはじめ、のちに王子製紙を誘致した功績がある第三代樺太庁長官だった三島由紀夫の祖父にあたる平岡定太郎の銅像が樺太神社境内大鳥居の内側に建っていた。王子製紙の社長には、のちに藤原銀次郎が就くが、時の財閥の人でありそのつながりでいろいろと政治的な動きがあったと思われる。当時の首相は原敬であった。

ところで当時、樺太には軍隊が置かれていなかったようだ。北海道には旭川に、朝鮮にも二つの師団が置かれ、満州には関東軍が置かれていたにもかかわらずである。これはポーツマス条約によって日本・ロシアとも軍隊を置かないことが協定されていたかららしい。つまり、緩衝地帯とされたのである。日本は守備隊として軍を豊原に残していたらしいが、一九一八年（大正七年）から二五年のシベリア干渉戦争ののち革命政権とのあいだに一九〇五年の条約の再確認がおこなわれて以後、いっさいの軍隊は置かれなかったのである。太平洋戦争末期には、豊原に第八十八師団が置かれ、敷香の北、古屯には連隊が置かれていたということだ。ヤルタ協定ですでにアメリカとイギリスはソ連に南樺太の返還を約束していたのだ。こうして間宮林蔵が一八〇八年（文化五年）に樺太を探検して以来、二転三転して、ようやくサンフランシスコ条約によって「日本国が一九〇四年の攻撃（日露戦争）で侵害した樺太の南部及びそれに近接する諸島に対するすべての権利及び請求権を放棄する」ということになったのである。

豊原市内には守備隊跡という兵舎跡が残っていたから、初期には軍隊がいたのである。しかし当時は軍人・在郷軍人会などという超国家主義を強行しようとする組織が不在だったことは、当時の樺太に住んでいた私たちには大変幸いなことだったと思う。

小学校四年の一九三四年（昭和九年）には大泊に戦艦榛名、航空母艦、駆逐船そのほかからなる第三艦隊が寄港した。榛名には乗船や見学が許されて、私たちも豊原からわざわざ汽車に乗って見学に出かけたのである。司令官は高橋三吉中将だった。当時乗組員であった人のなかには、除隊して私たちの小学校の先生になった人もいる。星先生といって現在も仙台市で健在である。この大艦隊はなんのために樺太へやってきたのか、オホーツク海での海軍大演習の帰途、立ち寄ったものということだが、何年か先の日米決戦を予想していたかどうか。陸軍に比べると海軍は日米開戦には消極的であったといわれていたから、たんに演習のためだったのか、千島列島やベーリング海の状況を偵察に来たのかそれは不明である。樺太国境は北緯五十度線で石の標識が置かれ、警備隊も若干いたらしいが、一九三八年（昭和十三年）一月には女優の岡田嘉子が杉本良吉と越境亡命を決行したのであった。

侵略戦争への道のり

日本という国がめざしたのは、明治以来の帝国主義的な対外膨張主義の推進であった。日清戦争の勝利の結果、清国の払った賠償金は当時の日本の国家予算四年半分だったという。そのうえ、台湾を割譲させたのである。日露戦争、第一次世界大戦をへて、対中二十一カ条要求で満蒙への権益を拡大し、大陸経営に乗り出した。東洋平和のため、大東亜共栄圏の確立、五族共和などという美辞麗句で国民を侵略戦争に駆り立てていったが、本質はそんなものではなかったのだ。そして、明治政府は着々と国民をその方向に向けるべく手をうっていったのである。まず一九〇三年（明治三十六年）四月、小学校教科書の国定制度が決まった。第一期の修身教科書を見ると、軍国教材が多いのに驚く。

「テンノウヘイカ（一年）、ユーキ（二年）、こうごうへいか（三年）、ちゅうぎ（三年）、へいえき（四年）」

国語教科書では、

「ヘイタイゴッコ（一）、軍艦（五）、黄海の戦（五）、明治二十七、八年戦役（六）、北白川宮（六）、軍人（八）、赤十字社（八）、武雄の入営（八）」（数字は巻数）

といったようになっている。私たちの使用した国定教科書第三期本で、修身は、

「チュウギ（一）、チュウギ（二）、ヤクソクヲマモレ（二）、ちゅうくんあいこく（三）、明治天皇（四）、能久親王（四）、靖国神社（四）、挙国一致（五）、博愛（五）、沈勇（六）、清廉（六）、国民の務（六）」（数字は学年）。

国語では一―十二巻まである。

「金鵄勲章（五）、入営した兄から（六）、大連だより（七）、一太郎やあい（七）、広瀬中佐（八）、トラック島便り（九）、水師営の会見（九）、軍艦生活の朝（九）、北風号（九）、水兵の母（九）、伝書鳩（十）、進水式（十）、呉鳳（十一）」

という内容で、第三期本は一九一八年―三三年（大正七年―昭和八年）で日中戦争直前の年代で使用されている。丸山眞男の『日本の思想』（岩波書店、一九六一年）によると、大日本帝国憲法制定発布にあたって伊藤博文が一八八九年（明治二十二年）二月十五日、全国県会議長の会合で語ったところによれば、「将来如何なる事変に遭遇するも……上元首の位を保ち、決して主権の民衆に移らざるための政治的保障に加えて、ヨーロッパ文化一〇〇〇年にわた

る『機軸』をなしてきたキリスト教の精神的代用品をも兼ねるもの」(「明治二一・六・一五全国府県会議長に対する説示」『伊藤博文伝』中巻)という巨大な使命を託されて万邦無比のわが国体という観念が導入されたのである。以後、第二次世界大戦敗北後に日本国憲法が制定されるまで、国体の名で呼ばれた非宗教的宗教がどのような魔術的な力をふるったかという痛切な感覚は戦後の世代にはまったくなく、戦中世代にも鈍くなっている。しかし、さきの大戦の悲惨な結果から考えて戦中世代のわれわれの語り継ぐべき責任は重大であると思う。

さて、私は一九三一年(昭和六年)に小学校へ入学した。三二年二月に、満州事変が起こった。このとき廟行鎮戦の鉄条網爆破のために点火した破壊筒を抱いて身をもって鉄条網を破壊した三人を、日刊新聞などはいっせいに記事にした。彼らは肉弾三勇士と呼ばれ、映画に演劇に浪曲、講談などで争うようにして三勇士ものを取り上げた。小学校でも、体育館の床の上に座らされて二時間近く愛国講談と称して三勇士の話を全校生徒が聞いたのである。巷では、デパートが肉弾三勇士弁当を売り出したという話さえ残っている。のちにこれは軍部のテコ入れや三勇士の出身地域による売り込みのための運動だったと指摘されている(中内敏夫『軍国美談と教科書』岩波書店、一九八八年)。やがてこれは、第五期の国定教科書国語に教材として取り上げられることになる。レコードでも肉弾三勇士の歌は大ヒットして、男の子たちは肉弾三勇士ごっこをしたり、「廟行鎮の夜は明けて残月西に傾けば時こそ今と決死隊…」と、わけもわからない文句でも大声でうたったりしていた。「非常時きたれり、われらが国に…」という歌もはやっていた。そのころはラジオはどこにでもあるわけでなく、先に述べた講談社発行の『少年倶楽部』などが、軍事物、冒険談をおもしろさと正義感に訴えながら子どもの心をどんどんとらえていくのである。『敵中横断三百里』や、『少女倶楽部』では「万国の王城」「のらくろ」「冒険ダン吉」など、好戦的とはいえないにしても、戦争は恐れの対象ではなく、日常のものとする作業がなされていた（加藤秀俊『昭和史の瞬間』朝日新聞社、一九八二年）。のらくろも、一九三一年一月号の『少年倶楽部』に登場したときは、ちっぽけで真黒なやせこけたぶかっこうな野良犬として登場した。その犬が野良犬の黒、つまりのらくろとして猛犬連隊へ入隊する。のらくろがこっけいな失敗を繰り返すというマンガが十一年間も続いて、しかも日中戦争以後は戦争マンガとして機能するようになる。軍国教材、軍国マンガで、私たちの頭のなかでは戦争があたりまえになり、日本は神の国であるという思想にとりつかれる。

丸山眞男の『日本ファッシズムの思想と運動』（東洋文化講座第二巻、白日書院、一九四八年）によると、日本のファッシズム運動の担い手とは軍部・官僚・僧侶・神官はもちろんだが、青年学校・小学校教員、中小商工業者、農民、在郷軍人会、その他などとあげられているが、幸いにも第三小学校で私の担任であった三人の先生は、いずれも師範学校卒でなかったためか、軍国主義の権化というようなタイプの人ではなかった。学校全体の空気もわりあいリベラルな雰囲気であった。今も強く印象に残っているが、五、六年生の担任だった河上勇先生は、早稲田大学を中退で教員免許をとったという人で、油絵を熱心に描いて、中央画壇にも出品していた。私たちが五年のときには入選したこともある。写生にもよく連れていってもらって、絵具の使い方などもかなり高度なことを教えてもらった。六年生の国語の時間、「青の洞門」(国定国語教科書十二巻)という教材では、同じ内容を扱ったこちらは名作として名高い菊池寛の『恩讐のかなたに』という作品のクライマックスを読まれたのだ。すぐれた文学作品のもつ力に私は強い感動を覚えた。なお、菊池寛の「水兵の母」「一太郎やあい」など軍国の母とその子の話なども国語で習ったが、あまり感動をした記憶はない。しかし、軍国の母の見本が、幼い頭にきざみこまれたことはまちがいない。

三、四年を受けもってもらった忽那光子先生も、師範学校出身者ではなかった。型にはまらない聡明な女性だと今でもよく細かい言動を思い出すことがある。この先生は私をいろいろと励ましてくださったが、三月の針供養の催しに(この学校はたくさんの楽しい行事を計画・実施していた)、小川未明童話集を貸してくださって、「このなかからひとつお話を選んでみんなの前でお話ししてね」と言われた。私が選び迷っていると、「私はこれが好きなの」と「野ばら」を選ばれた。未明の童話のなかでとくに反戦・平和のメッセージを含んだ、実に美しいロマンにあふれ、しかもヒューマンな作品で、私はこれを暗誦して生徒全体の前で話したのだった。初山滋の不思議な美しさをもった挿画もよかった。以後、小川未明の童話は、私の生涯のもっとも好きな作品となる。秋には全校の美術や工作・手芸の作品展もあって、先生方も作品を出品された。学芸会やドッジボールのクラス対抗マッチなど、冬はスキーで学校の周りをリレーするクラスマッチなど、おもしろく楽しい行事が計画・実施されて、今でも私には楽しい思い出の詰まった小学校生活だった。自由作文も盛んだった。四年のとき、そのころは正月には女の子は晴着を作ってもらったものだが、呉服屋で私の大好きな渋くてしかも華やかな朱色に秋の落葉もようが美しくとび柄でちらしてある羽織地を母に買ってもらった。そのうれしくてたまらない気持ちを書いた作文をとても褒めていただき、みんなの前で朗読された忽那先生を思い出す。五年生からは河上先生に代わったが、この先生も画家で文学部出身だったからわりあいのびのびした人間味のある人だった。神勅の暗誦を間違えてなぐられたなどということはまったくなかった。内地の小学校では実際にあったことだという。教育とは結局は人なのだと思う。そのときは気がつかなかったが、小学校教育をこんなのびのびした樺太という外地で送ったことは、とても幸せなことだったのだとあとになって気がついた。大正デモクラシーの残映があったのである。小学校を卒業して女学校へ入った年の七月、ついに日中戦争が始まった。

九月ごろには次々と召集令が出て、大好きな美術の谷内先生が召集された。校旗を先頭に神社通りを全校生徒が行進して谷内先生をお送りした。悲しかった。おそろしかった。私は美術が大好きで得意でもあった。中央廊下に作品をよく貼り出してもらったのである。これから美術の授業はどうなるのだろうと不安だった。そのほかに国語の桑原先生も郷里の高知へ帰られるという。がっかりだった。桑原先生も一学期の終わりに漱石の「坊ちゃん」を読んでくださった。名調子だった。忽那先生、河上先生、桑原先生この三人の先生は私に優れた文学作品のもつ力と美を強く教えてくださったのであり、私はその後、一生の友として、あるいは人生の先達として、東西の文学者たちの心血を注いだ作品との出会いを求めて旅することになった。

一九三四年（昭和九年）ごろになると、いろいろとおそろしいことが周りにも起こってきた。隣家の斎さん（日本人）は親切な夫婦で子どもがいなかったが、家にはいっぱい講談書が並べられていたのでよく貸してもらったりトランプや百人一首やおはじきなどをしに遊びにいっていたのに、ある日戸が閉じられて誰もいなくなった。母に聞くと、「ひとのみち教」という宗教を信仰していたのだがその宗教は不敬罪とかで「警察へ連れていかれたらしい」という。変なことは何もしていなかった。「子どもでもわかるのに」と思った。少し前から大本教とか天理教などを日本の国体に反するといって弾圧を始めていたらしい。国体に反するからといっては学問の自由や思想信条の自由をうばいとっていくのは、新聞紙上に大内兵衛、有沢広己、美濃部亮吉などの教授グループの検挙のニュースが紙面に大きく載り、写真が第一面にデカデカと載っていたことからも何となく感じられたのである。一九三八年（昭和十三年）一月に岡田嘉子の越境、二月に教授グループ検挙、同じ二月に岩波文庫の社会科学関係書二十八点が自主的な出荷停止を強要されるなど弾圧が続いていた。

三重へ帰郷して

一九三九年（昭和十四年）、私は姉とともに樺太から三重県津市に帰郷した。三重には祖母と三歳年長の兄がいた。津市の県立津高等女学校第二学年へ転校試験を受けて合格、転入した。八人中二人の合格だった。津市は古い城下町で、どちらかというと保守的な気風が強くて、しかも当時県立と市立と二つの女学校があったが、県立は五年制で市立は四年制であったし、女子の進学そのものがそれほど多くなかった時代だったから県立津高女は旧家出身の子女が多く、どこの馬の骨がやってきたのかと奇異の目で見られたのである。しかも樺太などは、さいはての未開の島と思われていたふしもあって、周囲との違和感は大きかった。父はそのころ、昔親しかった人からの招きを受けて樺太から大連にある満鉄の車輌工場へ移っていた。豊原高女に比べると津高女は先生方の年齢がずっと上で非常に保守的な感じを受けた。家へ帰っても父母のそばから祖母のもとに移り、兄と祖母とは十年ぶりに生活をともにすることになったので、下村湖人『次郎物語』を地でいくようなものになり、家でも学校でも身の置き場のない孤立感に悩むことになった。私の成績は二年末には学年でトップとなり三年い組となったが、いままでのトップの人（津市でも古い大きな商家の出身だった）のお母さんが、「あんな貧乏人の子がうちの子の上になるなんて」といったとか、お針を習っている少女を通じて祖母の耳に入った。三年い組では級長にされたのだが、学級は運動部員の多い学級なので、孤立して悩むことになる。そのとき私にも同情してくれる人がいて「兄の本だけど」といって貸してもらったのが、ロマン・ロラン作の『ジャン・クリストフ』だった。岩波文庫全八冊、実にすばらしい本で、毎夜遅くまで読んで夜寝てからふとんのなかに入っても力強い音楽にひたされているようであった。ジャン・クリストフは自分であり、またあるときは恋人であり、先達でもあり、人はいかに生きるべきかを指し示されたのであった。もはや孤立を少しもおそれることはなかった。一九四〇年（昭和十五年）の秋だった。時は紀元二千六百年という記念すべき年だった。『日本書紀』によって神武天皇が橿原宮ではじめて即位したとされる紀元前六六〇年の辛酉《しんゆう》の年の正月朔日《ついたち》を明治新政府が紀元と定めたのは一八七二年（明治五年）のことで、当時の国史教育ではもっぱらこの神武紀元によって年代が数えられていた。建国神話によって悠久の昔から万世一系の天皇をいただく神国日本の使命を強調し、国民の愛国心を盛り上げるのに絶好のチャンスであるという政府の考えにのっとって、各種の記念行事が計画された。そのひとつに、全国女子教育者同盟が全国女子中等学校生徒に「興亜建設の皇紀二千六百年に際しての吾等の使命」と題した作文の懸賞募集を行った。これに津高女から何人かが応募し、私も国語の先生（学級担任でもあった）に言われて応募したのである。なんとこれが一位になったと二月一日に連絡があった。担任の先生から参考にしなさいと渡された本は、のちに戦犯に指名された右翼国粋主義者大川周明『日本二千六百年史』（一九三九年）であった。当時のベストセラーだったという。当時の私は、日本古代史の正確な知識も日本の明治以来の帝国主義的侵略の経過もまったく知る由もない。神勅と教育勅語をひたすら暗誦していて、日本の神国たることに疑いももっていなかった。したがって、作文には今読めば冷汗の出るようなことが並べたてられていた。まったく教育というものはおそろしい。学校だけでなくラジオ・新聞・大衆読物・映画・演劇などがすべていっせいにひとつの方向に国民を駆り立てた。『国体の本義』（一九三七年）『臣民の道』（一九四一年）が文部省から出版された。国民の思想統制に最後の一押しをかけたのである。真実を訴えようとする演劇・雑誌・映画・学問はすべて中止あるいは廃刊させられ、関係者は検挙されて国民の目や耳から遠ざけられてしまったのである。女学校五年生の十二月八日未明、日本海軍のハワイ攻撃によって日本はアメリカ・イギリス・中国との戦争に突入した。

大阪府立女子専門学校に進学して

津高女を卒業して、私は大阪府立女子専門学校に進学した。その年の八月、まだ日本軍の戦況はよく、私は大連に住む父母のところへ行った。大連は小学校四年の国語読本の『大連だより』でも取り上げられているとおり、東洋のパリといわれていた美しい街だった。大きな通りや街は、大山通りとか乃木町とか、日露戦争のときの司令官の名がつけられている。「すぎし日露の戦いに、勇士の骨をうずめたる忠霊塔を仰ぎみよ…」と歌にある巨大な忠霊塔なる記念碑も立っていた。

私は連日市電で市内を見物に出かけた。父の部下の人や親しい人たちに案内され、また母が親しくしていた満人の一家の人に案内されて、彼らの住居や生活ぶりなども見学させてもらった。大連市街にも満人たちの集まる通りや広場があり、そこでは彼らの使用する浴場や阿片を吸う店らしいものもあった。満人の集まっている街の一画へはひとりで行ってはいけないといわれた。この街で見聞したことはどんなことだっただろう。彼らの住居は日本人街からは隔絶されていて、だいたい低地帯のじめじめした土壁にかこまれた貧しい街だった。

街で見かけるヤンチョ（人力車）、マーチョ（馬車）に客を乗せて走るのだが、最終的な値決めは事後に客によってなされたのだ。時には支払わない客もあるとのこと、その時の現地の人の憤りと悲しみに満ちた、あるいはあきらめの表情を見ると、私は耐えがたく、恥ずかしかった。何が五族共和だ、何が興亜だ、私はかつて自分の書き連ねた美辞麗句の空しさに怒りとも悲しみともなんともいえない気持ちになった。母は頼まれて和服の仕立てをしていたが、あるとき山のようにふろしきに包んだ仕立て物を届けると、昼間から料亭はにぎやかで客には関東軍の将校らしい人物もいたようだという。この大連での見聞は、私の従来の考え方にちがった視点を開くことになった。

女専で私は浅野啓三先生というすばらしい数学の先生に出会った。ここではじめて学問というもののおもしろさに目を開かれたのである。浅野先生は大阪帝国大学教授だったが、ときどき講義にこられた。先生は数学というもののすばらしい世界を見せてくださったばかりでなく、無教会主義キリスト教に属するクリスチャンだった。先生を通じてほかの無教会の先生の名も知るようになり、なかでも東京帝国大学経済学部教授の矢内原忠雄先生にふれたことは幸いなことだった。先生は植民政策の講座を担当されて、日本における帝国主義研究の第一人者だったのだ。政府は、満州国と蒙古を日本の勢力下に置き、その経営のために先生の学問を必要としていたのである。しかし、そのころ日本陸軍がおこなおうとしていた植民地経営はことごとく非科学的・非人道的なものだったから、先生は『帝国主義下の台湾』とか『帝国主義研究』といった名著でさんざん批判しておられた。軍部や右翼国家主義者などから憎まれて、ついに『中央公論』に発表した論文を問題にされて、自主退職に追い込まれた。退職後は『嘉信』という個人雑誌を出されて全国の弟子たちを励まされ、戦後には東京大学総長となられた。浅野先生（今も健在）、矢内原先生、黒崎幸吉先生（大阪聖書研究会）などの先生の教えを道しるべに女専二年半を送り、卒業後は母校の教師となって太平洋戦争の敗戦を迎えたのである。女専では、三年生のときに半年間、学徒動員によって軍需工場で働き、その後くりあげ卒業によって半年早く卒業したのである。卒業後三十八年間教師をして定年を迎え、今や七十八歳、最近『丸山眞男集』全十六巻、『加藤周一集』、網野善彦の歴史研究書などを読み、長い間の疑問から目を開かれた感じがしている。実に無知はおそろしい。一生懸命の努力が他人も自分も奈落の底へ突き落とす道であったりする。

ただ、ただ、勉強あるのみ。志をもって、日々心新たに学びかつ歩んでいかねばならぬと心に誓っている。

（たけだ・あやこ　元県立高校・中学校教員）

第4章 右向け右、前へ進め！

――一九三〇年代の「僕」

竹田友三

雲に聳える

戦前の少年たちの一人称は「僕」を使うことがもっとも多かった。ここでもそれを使う。僕は一九二二年（大正十一年）八月、三重県鈴鹿郡亀山町西町の東海道に面した家に生まれた。当時この町に幼稚園はなかったらしく、一九二九年（昭和四年）四月、いきなり町立亀山尋常高等小学校尋常科の六年制義務教育に入った。安藤広重の絵で知られ、今も残る亀山城多聞櫓の東の坂を上って通った。風格のある木造校舎は今はない。校名も亀山市立西小学校になり、周囲も変わった。

当時は和服でくる子も多かった。一学級六十数人で、男組は男先生、女組は女先生の担任が多かった。背広の先生と黒詰服（ボタン以外は学生服並）の先生がいたが、女の先生は質素な袴着姿が多かった。机は二人掛。机の天板をとってそこに教科書などを入れる。教科書は黒っぽい灰色の表紙だった。「読み方」は、ハナハト、マメマス、ミノカサ、カラカサからはじまった（数年遅れた一年生は、「サイタ　サイタ　サクラガサイタ」。もう少しあとは「ススメススメ　ヘイタイススメ」。私たちの教科書より表紙は明るく、内容は暗く変わる）。石板石筆という文房具を知っている人はもう少ないかもしれない。「読み方」のほかに「修身」という科があり、教科書の最初の数ページは徳目を絵で表現しているが、ある程度カタカナに慣れたころにカタカナが出てくる。いわく、「テンノウヘイカ　バンザイ（！）」。

四月二十九日は天長節だった。最近の高校生などは「テンナガブシってなんだい」と言いかねないが、当時はそんなことを言ったら小学校一年生といえども大目玉だ。担任の先生がその場にいて校長などが聞いたらその担任は数時間のお説教ではすまない。冗談ではない。儀式には、町長、町会議員、警察署長、在郷軍人会長なども来賓として登場する。儀式の中心は「君が代」の斉唱であり、天皇皇后両陛下の御真影奉拝、教育勅語の奉読である。校長先生が独特の荘重な口調で、「朕惟フニワカ皇祖皇宗国ヲ肇ムルコト宏遠ニ」から「御名御璽」まで奉読する間、来賓、教職員、全児童は頭を垂れて一語もない。そのあと「あな尊しな大御言…」の奉答歌、天長節ならば「今日の佳き日は大君の生まれたまいしよき日なり」の式歌を歌う。明治節の十一月三日は「亜細亜の東、日出づるところ聖《ひじり》の君のあらわれまして…」、四方拝の一月一日は「年の始めのためしとて…」、紀元節の二月十一日は「雲に聳ゆる高千穂の高嶺《ね》颪に草も木も…」である。紀元節は雪が降ることが多かった。冷たい講堂でがたがたふるえて歌う。この教育勅語が日本全国の教育の基本精神であり、その中枢が「一旦緩急アレハ義勇公ニ奉シ以テ天壌無窮ノ皇運ヲ扶翼スヘシ」。だ

第５期の国定教科書から

から教育勅語を誤り読んだ校長が責を負って自死した例も二、三にとどまらない。反対に「御真影！」と叫んで火災のなかに飛び込み殉職した「美談」もある。

幸いにも亀小には異常はなく、無邪気に紅白の祝饅頭を頂戴したが、これに後日、靖国神社行きなど高価な代償が請求された童たちも少なくない。

こうした戦前日本の思想教育がどんな政治経済のうえに成り立ったかを分析することは、今日こそ大切な課題であろうが、政治的立場もからんで諸論が多く、この稿では不可能である。ほんの二、三点の摘記にとどめる。

①教育勅語の成立は一八九〇年（明治二十三年）十月三十日。それが帝国議会の発足と時を重ねることの意味は明白だろう。「天皇の神聖不可侵」「天皇の統治権総攬」を明記した大日本帝国憲法では帝国議会は天皇を協賛するにとどまる。さらに、皇族、華族、有産者などを代表する貴族院（ほかに枢密院がある）の衆議院への制約は大きい。国民は最初から臣民であり、臣民の人権は法律命令の制約を随所にうける。そのうえに踏み込んで、国民自身のほうからその体制を随喜信従させる教育・思想形成をめざして超憲法的に官制道徳の強制をはかったわけである。

②天皇はまず現人神《あらひとがみ》である。しかもその神統は、――遠き神代から天壌の窮わまりない未来まで一貫して――万世一系である。科学的歴史学が、もしこれと異なる疑念を出せば、そ

のほうが「不敬罪」である。天皇制タブーは刑罰の武装をしている。

③天皇・皇室は、臣民の家族の一次元高い存在。天皇皇后は民族国家の父母であり、恩恵の泉である。このあたりで儒教的倫理も巧妙に活用される。「恩賜の煙草」を吸いおえて突撃した兵士！

④「臣民」ははるかな古代から皇室への忠誠を生きてきた。献身の勇をもってきた。それゆえに、いまだかつて外敵に敗れたことはない――という「神話」や「美談」。

⑤教育の実践現場には、「師範」教育で育てられた忠良で小心な教師による校長、監察官的に学校を巡視指導する視学など文部省に盲従の支配と、町や村の名望家、勢力者や学校儀式に来賓となるような各行政の下級幹部の陰湿な監視があった。この層が戦争進行とともに小さな出世欲・名誉心をふくんだ忠誠心をもやしてファシズムの推進勢力となる。

⑥学校制度は複線型だった。つまり、高い学資の負担に耐える家の一部のエリートと、大多数の「小学校で終わる」ものへの選別、とくに女性は帝国大学には進めない、など歴然とした進学差別があった。

⑦「家族制度」を固めた「民法」、良妻賢母教育、憲兵、特高で恐れられた「治安維持法」も、これらと相乗的な効果をもつ。

　これらは少なくとも視野に入れておかなくてはなるまい。もちろんあまりに一面的・裁断的に論じることはかえって論を弱くすることも忘れてはいけない。

街道の影

一九二九年（昭和四年）四月に小学校に入学した早々に四・一六事件があった。その年の十月には世界大恐慌が起きる。ニューヨーク・ウォール街の大恐慌はたちまちヨーロッパや日本に津波のように押し寄せた。小学生にそうしたことがわかるわけはないが、あとになって思うと浮かんでくる光景がないではない。

①わが家の家の前の東海道をぼろを着た髯面の人が歩き去る姿。亀山は台地の上に町があり、台地の麓、鈴鹿川の北岸を国鉄関西線が東西に走っていた。南へは参宮線（現在の紀勢線）がひかれていた。この人たちは三等車にも乗れず歩いていったのだろうか。借家ながらやや大きい家構えだったせいか、わが家にはそんな人たちに飯やたくあんをカンパすることもあった。その頻度については確かな記憶はない。

②亀山西町善導寺界隈の小童仲間にも、明るくない噂が時おり流れた。少し曖昧にしていうと、ある少年の家は倒産して「夜逃げ」した。その向かい三軒目ではおばあさんが縊死した事件があった。

③わが家でも、僕と弟が寝たあと、父母が諍い交じりに相談している夜がしばしばあった。

ひとつは家業であった森林に盗伐問題が出て、民事訴訟になったが進捗せず、かたや預金していた四日市銀行が倒れて、外見は派手だが内輪は火の車といったことだったらしい。その真相を知ったのは中学に入って、父の死後のことだった。

一九三一年（昭和六年）四月、小三になった矢先に耳下腺炎をこじらせ約一カ月愛知医科大学病院に入院するが、それはまったく個人のこと。そうでないことが夏休み明けに起こる。わが国の歴史が大きな曲がり角を曲がる柳条湖事件である（当時は柳条溝といった）。それが満州事変、十五年戦争の発端であることを知らぬ日本人はいない。

京都師団は京都、滋賀、三重を拠点としたから、鈴鹿峠や鈴鹿川畔は格好の演習地になった。兵隊さんがラッパを吹いて通る回数も増えたらしい。わが家にもある夜、将校宿舎割当てがきた。少佐と大尉が父と酒食して満州を論じていた。伝令騎兵が馬で来て、きびきびした軍隊用語で命令受領して去るのを、今の言葉で、カッコよく思った。詳しくは覚えていないが、善導寺の本堂前で三角ベースの野球をしたり、駅近くの雨田の溝川にモンドリを仕掛けたりする僕たちの遊びにも、割竹機関銃などの兵隊ゴッコが増えたように思う。そんな少年を『少年倶楽部』が結構、扇動したものである。

この雑誌の最盛期と僕らの少年時代とほぼ重なる。

満州事変といえばすぐに思い出すのが「廟行鎮の敵の陣」での肉弾三勇士。真相は九州の工兵部隊に起こった作戦中の事故である。それをみずからの意思で身を肉弾として捧げた兵士の「美談」だと軍部や周辺が物語に仕立てて宣揚した。「廟行鎮の敵の陣われの友隊すでに攻む…」は、小学校の学芸会の演目となった。

このころの日本・世界がどんな歩みをしていたか、ごく簡単な年表をあげておこう。

一九三二年（昭和七年）、僕らは小学校四年生、五・一五事件（犬飼首相暗殺）。「満州国」をつくる。

一九三三年一月、ルーズベルト大統領のニューディール政策。同じころヒトラー内閣成立。日本・ドイツ国際連盟脱退。京都大学滝川事件（＝自由主義学説と「大学の自治」への文部省・貴族院右翼勢力による攻撃）

一九三四年、満州国が帝国として成立。「転向」の流行。フランスでも右翼騒ぐ。ドイツではナチス内部の粛清。中国では共産党・紅軍大西遷。

一九三五年、僕らは小学校卒業――中学入学試験に不安な「僕」の頭上では、二月から日本では天皇機関説攻撃↓「国体明徴」の名の思想右傾の流れ加速する。中国では抗日統一を提唱する八・一宣言など。イタリアのエチオピアへの進出。対してフランスでは人民戦線結成へ。

晴れのち曇り

「一日《ひと ひ》二日《ふた ひ》は晴れたれど、三日《みか》四日《よか》五日《いつか》は雨に風」という歌を、後日、軍歌演習で歌わされた。亀山小学校をおえて三重県立津中学校にはいったあとの数年は、まさにこの感じ。それはまた津中学校自身にもあてはまるように思う。

一九三五年（昭和十年）四月、僕は津中学校の入試に合格した。当時の津中学は、藤堂藩有造館を源に県立一中を誇ってきたし、全県一試験区で二百人合格ということで、亀小から受験した八人のなかで七人合格したことは、先生方を喜ばせた。なかでも「竹田が四番で入った」のは金星。しかし、すぐにわかるが僕が優等生だったのはこの瞬間のみだった。そのうえ、この年は津中全体が新校地の新校舎完成と移転をする年になっていた。田園のど真ん中の一万坪に東海地方のピカ一といわれた新校舎が建った。当時の津中凱歌にあるように、「白馬に銀の鞍おいて、青雲仰ぎ微笑める勇士が夢の派手姿」といった四月であった。

真新しい帽子に（旧制高校よりは細いが）三条の白線、六稜星の校章、金ボタンの小倉服（夏は霜降り地）鞄は厚地ズック肩下げ、腰までの長さ。革靴。足から膝まで白く厚い巻きゲートル。鞄のなかには新しい教科書。英習字用Ｇペンとインク壺。武道のある日は面、こて、胴、稽古着、袴。そして、このころ眼鏡をかけはじめた。

津中の校歌についてこんな話がある。

僕たちのころは、「伊勢神宮のあるところ神八郡のうちにして」と始める校歌だが、先輩たちは「伊勢大廟のあるところ」と歌い出す。つまり、「大廟とは儒教的でいけない」と改めたのである。ところが、大戦中になるとこれも「伊勢神宮のある」とは不敬だと言いだす声があって「皇大神《すめおおかみ》のおわします…」と改めたというのである。だから津中同窓会で「校歌はじめ」というと歌いだしが世代ごとに混乱する。しかし大変なことは、この種の変化が、津中だけでなくてあちこちにあったらしいことである（妻の綾子がいた樺太でも類似のことはあったという）。

一学期間は、国鉄参宮線（今のJR紀勢線）の亀山駅から汽車に乗り、私鉄参宮急行（今の近鉄）の津駅から津新町まで通学した。帰りはばらばらだが登校はゆるい集団を組んでいった。三年生に関町の田中省三さんという先輩がいた。のちに親しくなる中根道幸さん、佐野新さんがいたはずだが、定かでない。亀山にあった女子師範学校付属小もあり、そこからの何人かもいた。女子師範校長中川先生の次男、英男君もいた。家は同じ西町で間に一軒あるだけだったので、自然と親しくなった。二人のその後は最後に書く。

津新町駅から約十二、三分歩いたところの西に津中はある。そのころは五間道路といって幅の広さを誇っていた。家が四、五軒あるほかは、菜の花と蓮華草の田圃地帯だった。五間道路は津中の少し西で切れていた。津中には風格のある先生がたくさんおられた。まず校長の有堀市三郎先生。東京帝国大学文学部の出身。やや短躯の円満相で綽名は南瓜だった。いろんな儀式のときに、三つの言葉のどれか一つ二つを口にするのが印象的で今も心に残る。いわく、「曾子曰く、士は以て弘毅ならざるべからず任重くして道遠し仁以て己が任とす、また重からずや死してのち已むまた遠からずや」（『論語』の「泰伯」篇）。いわく、「湯の盤の銘に曰く日に新に日に新たにまた日に新たなり」（『大学』）。そして、「Boys be ambitious」（クラーク）。眼光鋭い教頭先生の綽名はトンビ。後年視学官として畏怖された。国語担当の学年主任は渡辺九郎治先生（綽名はくろんじ）。学級担任は高農新卒の位田《いんでん》藤久太郎先生。この先生の蔬菜園芸の授業は多くの少年を魅了し、おおいにデイジー、パンジーを栽培した。学校中に届く大声で真っ赤になって『日本外史』を素読する伊藤先生は「孔子さん」。自由主義者の美術担当林義明先生は山羊さん。化学の寺田先生は炭さん。そして職員室をもにらむように、配属将校黒宮少佐、予備役中尉一見《いちみ》ニコチンがいる。当時の津中生は「教練」の先生を遠くにみると避けた。教科のなかには「体操」のほかに、「教練」「武道」「作業」などもあった。

学校になれ梅雨をこえる。周囲にも暗さがでてくる。夏休み前の終業式を終えて生徒が教室に分かれて待つと、職員室から各担任の先生が巻き物をもって出てくる。各教室の廊下側の外の窓の上にその巻き物を張り出す。二百人中の序列一覧表である。竹田友三の頭には三十一番とある。成績は転がりはじめた。

この夏休みにわが家も亀山から津に移った。津中のすぐ近くだが、家の大きさは亀山の半分。そのうえ、父が選挙に出て、当選はしたが政争に巻き込まれて選挙違反をでっち上げられ、不起訴だったのだが途中で病を重くして寝込んだ。

そんななかにあって、僕には十二歳の心身の悩みもいろいろ起こってくる。徳冨蘆花の『自然と人生』を手はじめに詩を読んだり、俳句を自己流に作ったりしはじめる。

しかし、憂愁はわが家だけでなくもっと広く日本列島を、さらには地球をおおってくる。

一九三五年（昭和十年）の日本は、「天皇機関説事件」の、「団体明徴運動」の年となる。相対的に自由主義的な美濃部達吉博士の学説に対し、菊地武夫貴族院議員らが攻撃を加え、ついに屈服させる事件。これを烽火に在郷軍人会などが組織をあげて「国体明徴運動」を盛り上げてくる。しかし、実はその夏のさなか、「統制派」の巨頭陸軍省軍務局長永田鉄山少将がファナチックな「皇道派」の相沢三郎中佐に刺される事件が起こる。陸軍内の派閥の紛争のひとつが殺人にまで発展してしまったのである。そしてこの十一月、津中では開校五十周年と新校舎落成を祝って先輩の講演会があった。一年生の僕にもっとも印象に残ったのは紀平正美博士である。文部省が教師を国家主義的方向に再教育することも一目的として開いた国民精神文化研究所の所長とかいう超国家主義的なこの哲学者はこの日、次のような趣旨を語った（詳細は失念）。

「日本人には猿の末裔という進化論など無用。日本人は天照大神を祖とする大和民族」

そのときは、そんなの変でないかなと漠然と思っただけだった。そして年が変わった。冬の朝、病院にいる父に新聞や手紙を届ける日課がつらかった。二月二十六日、東京であの二・二六事件が起こった。この事件がもろくも挫折した経過は改めてここでは述べないが、歴史上の大きな地震は、それが「おさまった」から万事もとに戻るものでは決してない。大きな地揺れはたゆみなく続く変貌のひとつの節目にすぎない。二・二六事件そのものは反乱軍の敗北・挫折におわる。しかし、日本のファシズムの台頭はここから駆け足になる。

一九三六年（昭和十一年）四月。僕らは二年生になった。南瓜校長が退職して、青エンマ校長が着任した。軍服を着てきたという話はあるが、私の記憶はない。ただ六稜星を徽章にした軍帽風の帽子、当時はまだ珍しい国民服を着て、挙手の礼をしていたのは覚えている。この先生は、もとは英語の先生なのにどうしてそうなったのかはよくわからない。このころ、学校前に校長公舎があり、家族もそこに住んでいた。その娘に「すごい美人」の女学生がいて上級生たちが噂の種にしていた。この家族にも戦争は深い傷をもたらすが、そのころは誰も知る由もない。

この十月、僕の父は急死した。そこからの約半年はわが家族の氷雨の時期。ひと冬、母の実家の農家に身を寄せて、次の夏に今度は棟割長屋に引っ越すが、幸いに母が独身のころに助産婦の資格と若干の経験をもっていた。さらに時代が（その評価はともかく）、産児奨励の時代であったため、中学校をやめずにすんだ。父方の親戚の学資支援も多少受けた。けれど、そうでなくとも動揺激しい少年期で学業のほうは五里霧中のようなもの。

この一九三六―三七年は、まさしく第二次世界大戦へと滝の落ちるように傾く年であることは、今日では誰もが知るところであろう。日本が二・二六事件以降の軍部の政治進出。それに対抗して三六年十二月、中国での西安事件、そして抗日民族戦線の成立、ヨーロッパではナチスドイツのラインランド進出、そして、ヴェルサイユ体制無視（やがてオーストリア・チェコへの圧迫となる）。対して、フランス・スペインでの人民戦線内閣の成立からスペイン内戦への発展。そして、ソ連ではスターリン憲法の成立など……。しかし、むしろこのことが恐ろしいのだが、日本の大衆は、東京音頭に浮かれ、「空にゃ今日もアドバルーン」というようなたぐいの流行歌になじんでいた。

妖しい虹

この曖昧模糊とした状況が破れるのは一九三七年（昭和十二年）七月の盧溝橋事件。歴史家たちはこの事件に諸説粉々だし、確かに盧溝橋から日中戦争にいたるあいだの屈曲もなくはない。しかし少年の記憶には、梅雨空から急にまぶしい軍国の山河へ変転した感が残る。やや単純化していえば、満州事変は軍隊が戦争を担った。しかし「シナ事変」(当時の言い方)は火の粉が国民にかかってきた感じだろう。広大無辺の中国は、日本軍部や政府の甘い展望をみごとに長期戦の泥沼に引き入れてしまう。兵員の不足は深刻で、このころから在郷軍人の臨時召集が多くなる。

小学校の教科書にもあったように、当時の日本は満十七歳から四十歳の男子は軍に従う義務を負っていた。満二十歳で徴兵検査を受けて、ふつうは二年の兵役を終えたものは在郷軍人と言った。在郷軍人会の大小の幹部は、陸・海軍や右翼的な政治家、思想家、官僚などと連携して「国体明徴」の諸運動を推進した。

臨時召集令状は、軍の必要に応じて出され、その紙の色から「赤紙」といわれた。これを受けた国民は無条件に――病床からでも、親の危篤の日でも蜜月中でも――部隊に入る。逃亡・忌避は現実には不可能だった(有名な例では、俳優三国連太郎のことがある。彼自身召集を拒んで逃亡したが失敗し捕らえられた。実を言うと母が一族に累のおよぶことをおそれて密告したのであった。帰還後母と子に深い溝ができたことはいうまでもない。しかしこの母が、実は当時の日本女性の人並みであったと思える)。

津中でいえば、日中戦争が始まるとすぐに国語の長谷川先生に赤紙が来た。先生は砲兵中尉として応召され、戦地に行かれた。やがて句集『砲軍』で俳人素逝の名が世に知られるようになる。当時は戦争句集としてもてはやされたが、静かに熟読すれば戦争批判が潜む。当時は、正面からの戦争批判は不可能だった。個人的には自己流に幼稚な俳句を作ったりしていて、せっかくよい先生に「国語」の授業を受けかけていたのに、縁がなかった（津高初期の国語教師川口常孝の『兵たりき』も中国での砲兵経験の歌集である。これは戦後の作品だから反戦を正面から歌っている）。

少し遅れて奈良にいた異母兄にも赤紙が来た。送別にいくと「ちょっとこい――」と別室に呼んで、捕虜惨殺の写真を二、三枚見せた。「俺の行く末だ」と言った。ややニヒルな男のように見えたこの人が「弟」に何を伝えようとしたのか、問いただすこともできないうちに親類の酔客がひっぱり出しにきた。それが兄弟の永訣になった。家に帰った僕は、戦争に集中していく日本を賛美するような漢詩を作った。孔子先生に見せたら激賞された。それで舞いあがっていた。少しさかのぼるが、この年の春、二年先輩の母の実家の近くに住んでいた倉田清量氏が四年修了で――今でいう飛び級に近い――八高理科に合格した。亀山から同じ朝の汽車で通学した田中省三氏は一高文科に進んだ。一高に四修入学は全国的にも超秀才ということになる（中学から帝国大学に進むには旧制高校三年が本道で、旧制高校は全国に三十たらず。第八高等学校、略して八高は名古屋にあった）。

田中氏には会う機会はなかったが、倉田さんからは旧制高校の話をたくさん聞かされた。河合栄治郎の『学生と生活』、出隆の『哲学以前』も見せてもらったが、まだよくは読めなかった。寮歌も聞いた。ストーム・コンパの話もあった。これは後の話への一伏線としておく。

シナ事変は当初は皇軍圧勝（誇大報道もあったかもしれないが）。「勝ってくるぞと勇ましく」の「露営の歌」がとってかわり、「皇軍百万杭州湾上陸」から南京へ。わが郷土の部隊も、十二月早々に南京に突入している。この南京占領がどんな状況だったのか、昨今紛々と議論されているが、津高校の百年誌には、津中校門を街へと出ていく提灯行列の写真が出ている。街では多くの列が合流した。このころの津市は、静かな城下町であった。しかし、南京が陥落しても戦争は終わらない。

一九三八年（昭和十三年）になる。「皇軍」は「徐州徐州と人馬は進む」と歌われた徐州の戦へと麦畑を行進しつづけ、内地の街角では千人針である（千人針とは白布の腹帯に、女性が赤い糸で小さい丸を縫いつけるもので、目標は千人。弾丸よけのまじないである。こんな形で家族愛と郷土的連帯が戦争協力の方向へ昇華されていく）。駅頭では「嗚呼の声に送られて」征で立つ赤たすきの應召兵。街角の女性は白エプロン・モンペ姿。やがて、国防婦人会のたすきで統一された若い娘は工場へ徴用され、隣組の防空演習もおこなわれた。津でも国防婦人会幹部が街頭に立ち華美な服を着ている女性を詰問し、その服の一部を鋏で切るところまでいった。

家族生活が隣組や町内会に組み込まれていく要因のおもなものに、軍需生産強化を目標とする国民経済生活の統制がある。小さなところでいえば、生活物資（衣類・食料など）の配給の切符制がある。たとえば津中生の制服などでも、急速に質が低下した。南京陥落から約一年の武漢三鎮陥落――このときも提灯行列――までの一年にどんなことがあったのかの一例を『昭和・平成家庭史年表』（下川耿史編、河出書房新社、二〇〇一年）で拾ってみよう。

一九三七年十二月十四日――皮革ゴム統制↓靴から下駄へ、婦人団体連盟の「白米食やめましょう」。／十二月二十七日――軍需、輸出品以外は三割以上のスフ混入（この年末、婦人断髪禁止の声）、防空用電灯、電灯覆い。／一九三八年一月――警視庁がパーマ規制を始める。学生の長髪禁止。同じころ、牛肉に馬肉や犬肉を混ぜたもの摘発、東京の喫茶店は全盛期の四分の一。／七月四日――文部省中等学校の制服新調禁止。／八月十五日――木曽福島町の芸妓は「お座敷に出ても白粉はぬらない」。ガス消費規制。／十月十八日――日比谷公会堂前に「標準型防空壕」六個！

こうした規制の一方で、労働力強化のための女子挺身隊への歩みも始まる。九月一日、東京女子大学、津田塾大学、聖心女子大学など「名門」校の女子学生が被服廠作業へ出動。「兵隊さんは生命がけ、私たちはタスキがけ」式の標語も生まれた。

そういう動きの頂点に「国民精神総動員運動」が、紀元二千六百年奉祝の歌声とともに進行する。操作された国民の圧倒的支持を背にして、「私は既成政党を克服する！」と台頭したのが近衛文麿首相だ。その打ち出してきた政治改革が大政翼賛会である。

幸か不幸か

一九三八年（昭和十三年）四月、僕は中学四年になる。今なら高一である。この年、転任してきたわが組の担任は長野県出身で、東京文理科大学から国民精神文化研究所、師範学校教諭になったという、当時の教員としてはキャリアコースを歩んできた体格のいい国語の教師であった。当時、上級生の「修身」「公民」は、校長や教頭が授業していたが、この教師は「修身」も担当した。最初に――当時、教育勅語とともに尊ばれた――「天孫降臨の神勅」の暗誦を強制した。詳しいことは忘れたが、この神勅を少し揶揄したように質問した。「神様が雲に乗って降りてきて、どんな技で人間のかたちになられたのか」という程度である。教師は憤然として近づいてくると黙って殴打した。教師や上級生の体罰は日常茶飯事のころだったので黙って受けるほかなかったが、反抗期の腹の虫がおさまらない。当時の生徒全員の宿題に「修養日誌」というものがあって、週一回ぐらいノート一ページ分ぐらいに毛筆であたりさわりのない随想と徳目を書いて出す。ここへ、一行おきの大きい字で「暴力を以て生徒を圧服するは良師というべきか。子曰く否」と書いて出した。もう一発を覚悟した。しかし、×と朱を入れられただけで殴られはしなかった。しかしそのあとが大変だった。一学期末の通知簿である。例の巻紙の序列は百四十七番、そして修身丁、操行丙。結果論をいえば、これは天与の幸運ということになるのだが、そのときにしてみれば目先は真暗である。その日一日はこの教師の恰幅のよい胸に出刃包丁をどうあてるか、などと物騒なことを考えた。しかし、さすがに母は、なんとかかんとか、駄々をこねてわめく息子を説得した。そのあと、母が何かを談じ込んできたらしいが、詳しくは言ってくれない。

そのころ「三高は内申を見ない」という噂を聞き込んで津中の三級上の金子晃さんという、三高の二年の人を訪ねてみた。こちらの真剣深刻な質問をひととおり微笑して聞くと、「おもしろい。君なんかこそ三高へ来たまえ。うちの学校は、先生の説を反論すると点がよくなる。ぜひ受けろ」という。顔前の闇に光が差し込んできた。しかし、当時、旧制高校でも難しいほうの三高へは、津中から入るのは学年で一人か二人である。——当の金子さんも校旗手（一番級）であった。二学期のはじめに学年主任で数学担当の、ご自身伴風《ばんぷう》という俳号の痩せた長身の竹内バンブー先生に、「どうする？」と聞かれ「三高を受けます」と言うと、「うむ、その意気は壮とすべし、その認識不足や憐れむべし」と冷笑された。その表情も言葉も鮮やかに記憶している。言われて一言もなかった。僕の数学たるや代数も幾何も霧の中。

しかし、三回受験して、つまり一年浪人して、たぶん最後尾だろうが、合格した（浪人していた間にも同学年で三高を受ける今井新との励ましあい、応援してくれる人などたくさんの話はあるが省略する）。「先生に数学を教わってる間全然わからんだけど一人でやってみたらわかりまして」と報告したら伴風先生も「こいつめ」と笑い、「ようやった」と言ってくれた。この先生ももう逝かれた。

一九四〇年（昭和十五年）の日本は中国との泥沼の戦争状態になる。「仏印」への進出、ＡＢＣＤライン、ヨーロッパでは第二次世界大戦がはじまり、ナチスドイツが圧倒的な力で台頭してきた。だが、正直のところ、ガラス窓の向こうの木の枝さやぎぐらいにしか見えていなかった。今日の世界や日本がかかえる深刻な問題に対して、現代の青年たちは無関心すぎる。「まさに君たちの上に燃えた梁が落ちかかっているのに」と思う。しかし、ひるがえって思えば、われわれも同じだったのである。

一九四一年（昭和十六年）四月、あこがれていた三高自由寮の住人になる。正直にいえばまだ未成年だけれど、寮の治外法権的な自由な空気のなかで、酒やタバコを覚える。フランス語はそこそこにして、寮歌は体に染まるまで覚えた。あらしの夜、コンパの夕べ、そして毎日の洛北洛東の散歩のとき——散歩することを「霞む」といったのも京都的である——皆で歌いひとりで口ずさんだ。先輩後輩の区別はなく、全員が呼び捨てだったし、長い黒マントで朴歯下駄をはいて鴨川河原町を歩いた。そのかぎりでは自由だった。旧制高校のなかでもとくに自由を誇っていて、金子さんの話はウソではなかった。バイトをせねばならないとか、動詞変化表がのみこめず落第点をとりそうだとか、倉田百三の感傷から西田幾多郎の悔迷へ進めないとかニイチェとハイデガーがいまいち難しいとか、一緒に浪人して仲良く受験した今井新が二次で落ちて二浪してしまった(次の年に入学。寮も隣室だった)とか、四条の喫茶店に妖艶なウエイトレスがいるとか、その程度の悩みを哲学用語を使って語ったり、まだ少しは自由で華やかな半年が過ぎた。

しかし、それも秋ともなると歴史の夜風が寒く感じられてくる。幼稚とはいえ、インテリの卵たちである。日米の交渉が公式の報道よりはずっと厳しいことはわかっていたし、戦争の不安が肌には感じられた。しかし、憲兵・特高の監視下では、ごくわずかな親友のあいだでしか不安や悲観論は語れなかった。そして十二月八日。忘れもしないがその日の第一限は数学で、教授は教授機械という綽名のある、温厚で静かな杉谷先生だった。先生のほうも職員室からゆっくり歩いて遠い教室へこられるから、学生も始業時に起きて駆けつけたら遅刻にはならない――と出て行くと、その日は先生がやや遅れたうえ息をきって駆けつけられ、興奮した様子で「戦争になりました。すぐ校庭に集まってください」と言った。ここではじめてあの「天佑ヲ保有シ」という開戦の詔勅とか「帝国陸海軍ハ本八日未明西太平洋ニオイテ」という甲高い大本営発表やら、真珠湾攻撃ニュースやらを聞く。軍艦マーチは鳴りっ放し。戦争はいやおうなくわれわれの日常生活を覆い、薄いガラス窓は破られたのである。

エピローグ

すでに「一九三〇年代」も「開戦以前」という範囲も与えられた紙数も超えたが、この後数年の僕と周辺にふれることは必要で蛇足にはならないと思うので、言葉を凝縮して最近まとめた歌集『沖を見る』（六法出版社、二〇〇一年）からいくつかを引用する。

戦争といえどバイトは避けられず軍歌流るる雪道に出る

押し問答制して寮を捜査せる　特高は　赤と黒を持ち去りぬ

赤と黒も知らぬポリめとあざけりぬおのれの視野の狭きを知らで

というふうに戦争をやや斜めにみながら治安維持法にも正面からかかわるわけでもなく、当時流行の京都学派にも半信半疑のような微温的なリベラリズムを、しかし本気に生きる。結局三年生の春に肺浸潤と脚気で休学。帰郷して通院生活を送った。幸い軽症だったので、秋には病弱程度に戻る。しかし、

休学の臥床ひと夏やや癒えて立ち上がる日に学徒出陣

赤紙をついに受けたり暗き灯下真向かいて母もわれも語らず

雨しぶく車窓に暗き制帽のわが顔映る応召前夜

軍隊での生活はもちろんいろいろの苦労がないわけでないが歌集にゆずり、ここではふれない。消灯後の兵営で密かに十字を切る兵もいたが死んだ。亀山西町の隣、津中で同期だった中川英男中尉と千葉の軍飛行場で奇跡的な出会いをする。――僕は下士官の軍曹。

操縦の中尉笑みより俺という中学同期中川英男

童顔の中川中尉サイパンに撃たれし報は三月後ききぬ

戦争中に津中の同期生は三十人以上が戦死した。秀才だった田中先輩もセレベスで「水漬く屍」になられたと戦後聞いた。

向日葵に白蝶遊ぶ炎天に放送流れ帝国崩る

「行く先は」「ひろしまですよ」その後はひととき静か復員列車

軍衣袴の汗蒸す一夜白みきて車窓にのぞく名古屋は廃墟

わが家は半壊で母と弟は無事だったが津の中心部は廃墟になっていた。あの「新築」の記憶新しい津中も、

講堂は鉄の残骸校舎皆焼け瓦なり秋雨の中

そして親友の今井は母妹とも武家屋敷の町で爆死していた。

「俺は医学部　病むともかならず帰れよ」と笑いし今井爆撃に果つ

京都駅の軍歌の影に握手して「死ぬな」といいし顔を忘れず

胸底に竜灯の燃ゆる暗き海をみな抱くなりわれら世代は

そして早くも五十七年。その間の日本、アジア、世界の歩みは割愛するほかないが、昨今ことに九・一一のアメリカ同時多発テロとアメリカの報復によるアフガン攻撃以後は、世界はますます混迷している。日本の政治も経済の混迷を絡んで深刻である。そのなかでわれわれの親族・親友をはじめ多くの世界の人々の犠牲や文化の損壊など、尊い犠牲のうえに築かれた平和と民主主義もゆれている。そして「あの声」がだんだんと近くせまってくる。……増幅されつつ、われわれ一人ひとりの上へ。――「あの声」が。

右向け右、前へ進め！

それは戦中派の幻想なのか、それを聞きとれないのが戦後派の無知なのか。今こそ心まじめに勉強しなければならないと思う。歴史を謙虚に振り返ることから。

昭和の戦争と敗北がそうであった以上に、平成の歴史もきびしいだろうが、少なくとも昭和の歴史が教えたことはおろそかにしてはなるまい。その上にこそ展望もひらかれるはずだ。それをするのはだれでもなく私たちの課題であり、そこにこそまた私たちと後世の活路も見いだされるものであろう。歴史には――ましてやグローバル化時代――対岸の火事はほとんどない。「危機・破局は静かに忍びよってきてある日一挙に日常へ襲いかかってくる」――これが戦中派の悔恨を含めた体験であった。しかしこの惨禍は予見・予防が不可能なものではないのである。

（たけだ・ともぞう　元高校教員）

第5章

戦時下の青春
――生粋の戦中世代から

松嶋欽一

「昭和」という元号は、書経の「百姓昭明、万邦協和」という言葉から選ばれた。国民は幸福に、世界は平和に、という願いを込めてつけられたものであろう。

しかし昭和時代前半の歴史は、その願いとは裏腹に戦争の明け暮れに終始した。一九三一年（昭和六年）の満州事変（事変とは宣戦布告なき戦争のこと）から太平洋戦争終結にいたるまでの世に言う昭和十五年戦争の期間、国民は厳しい精神的束縛と物質的不自由のなかで戦争遂行のために総動員された。多くの苦難と、数知れぬ尊い命の犠牲をしいられたのであったが、やがて大日本帝国は崩壊し、敗戦となった。

私はちょうどその十五年戦争の真っ只中に学校生活を送った。すなわち、小学校のときに満州事変が勃発、中学校時代には支那事変（日中戦争）、高校、大学（いずれも旧制）時代には太平洋戦争と、初めから終わりまで戦争の連続であった。生粋の戦中世代といえようか。

以下はそのような暗くて厳しい戦時下に青春を送った一人の男の「あんなこと、こんなこと、あったのさ」という「思い出のアルバム」ともいうべきものである。

小学生のころ（一九三〇年―三六年〔昭和五年―十一年〕）

教育勅語

明治節（明治天皇の誕生日）、天長節（天皇誕生日）、紀元節（建国の日）などの祝日には、全校生徒を講堂に集めて式典が挙行された。これらの式典では、礼服に威儀を正した校長先生による教育勅語（明治天皇が国民に対して賜った教育についてのお言葉で、国民の道徳律の基本とされ小学生にも暗唱することが求められた）の奉読が必ずおこなわれた。白手袋の手で巻物の「勅語」をうやうやしく捧げもち、おそるおそる広げて「朕惟フニ我カ皇祖皇国ヲ肇ムルコト宏遠ニ徳ヲ樹ツルコト深厚ナリ……」と一言一句かみしめるように厳かな調子で奉読された。ふだんは恐い校長先生も、この日ばかりは緊張のあまり心なしか声が震えているようにも思えた。というのは天皇のお言葉である「勅語」を読み違えるなど到底許されないことだったからである。現にそれが原因で辞職したとか、辞職させられたという話を聞いたことがある。校長先生でさえそうだから、生徒のほうはもっと緊張と厳粛さが要求された。脇見や私語などもってのほかで、直立不動、頭を垂れたまま奉読が終わるのを待たねばならなかった。寒い冬の日にはたまりかねて鼻水をすする音が静まり返った講堂のあちこちで起こった。

神社参拝

村にある神社に先生の引率下、隊列を組んで定期的にお参りするのが習わしであった。戦争に出征した兵隊さんの武運長久を祈願するためである。冬期の参拝行進は、寒さが骨の芯までしみる思いであった。

先生は偉くて絶対的

低学年のころ、手洗い水を使っている先生の姿を見て、「先生もやはりお便所へ行くんだなあ」と不思議な感に打たれたことを今でも覚えている。

先生はまたコワイ存在でもあった。生徒のあいだでいたずらなどのトラブルがあった場合でも、「先生に言いつけてやるから」という一言は、相手をシュンとさせるに十分な威力があった。

また、ある若い男の先生はかんしゃく玉持ちということで生徒から恐れられていた。体操の時間に鉄棒の尻上がりができない者をにらみつけて、「この非常時にそんな奴はごくつぶしだ」とののしった。「お国に尽くす道は尻上がりだけではないでしょう」と内心思ったが、先生に口返しなどとんでもないことだった。

流行歌はご法度

テレビはおろかラジオさえまだ広くは普及していなかった時代だった。村の一角にある観光地に住む一人の友達が、場所がらみんなに先んじて覚えた流行歌を得意げに廊下で大きな声で歌っていた。それがコワイ校長先生に見つかり、翌日の朝礼でみんなの前に引っ張り出されて叱責されたうえ、その歌をうたわされるという罰をくらった。

白いご飯がうれしい

弁当を持ってくる子はクラスで数えるほどしかいなかった。昼休みには茶がゆを食べるため家まで走って帰るのである。たいていはわら草履ばきだった。当時、米と繭の大暴落で農村は窮乏のどん底にあったのである。「ボク今晩の夕飯うれしい」「なぜ?」「だって白いご飯だもの」。何かの縁日だったのだろう、近所の幼い子との会話が今なお忘れられない。

中学生のころ（一九三六年―四一年〈昭和十一年―十六年〉）

当時の教育制度

当時の教育制度についてちょっとふれておこう。義務教育は小学校の六年間だけで、この期間だけが男女共学であった。小学校の上に中学校（女子の中学校は高等女学校といって別にあった）、商業学校、工業学校などの中等学校（五年間）があり、その上に高等学校（または大学予科）、高等商業学校、高等工業学校、高等農林学校などの高等専門学校（三年間）、さらにその上に大学の三年間というのが大まかな学制であり、このほか高等小学校（義務教育からあとの二年間）をへて教員養成の師範学校（五年間）や農学校など（三年間）の中等学校に進む道もあった。女子の教育機関は高等専門学校までで、大学への門は閉ざされていた。

また、小学校の六年間を卒業して中等学校に進学する者の率は全国平均で三割程度だったといわれ、高等女学校についてもこれと似た数字だったろうと思われる。いずれも進学できるのは少数の選ばれた人だけであったのである。なかでも将来上級学校への進学をめざす者が進む中学校への進学率はさらに低く、たとえば筆者が住んでいた農村地方では数年に一人という実情であった。

なお戦後の学制改革（一九四九年〔昭和二十四年〕）によって旧制中等学校は新制高等学校へ、旧制高等専門学校は新制大学へと衣更えした。いまでは旧制の大学（旧帝国大学）は大学院重点大学へと変貌しつつある。

軍隊式と天皇神格化

満州事変以来、日本は急速に軍国主義に傾いていったが、中学校もまたその埒外になかった。登校と下校時は黒の制服、制帽、巻脚絆（ゲートル）、黒革靴、革の背嚢カバンという服装、外で先生や上級生に会ったときは挙手の礼をする、校門から入ってくる先生の姿を最初に見かけた者が「敬礼！」と大声で叫べば、居合わせた者はみな姿勢を正していっせいに敬礼するなど、すべて軍隊式であった。上級生に対する欠礼は後日の制裁を覚悟しなければならなかった。毎朝全生徒が整列しておこなわれる朝礼では、まず奉安殿（天皇の写真を安置してある建造物）に向かって全員が深々と頭を下げて、校長の「自彊不息」（校訓でジキョウヤマズと読んだ）という先導ののち、全員がいっせいに「以ツテ天壌無窮ノ皇運ヲ扶翼シ奉リマス」と唱えたあと最敬礼した。天皇は神であり現人神（アラヒトガミ）と呼ばれて、もし批判的な言動があろうものなら「不敬罪」という恐ろしい法律が待っていた。天皇や国体を持ち出せばどんな不合理な議論もまかりとおり、いっさいの批判的言論を封じることも可能な時代で

国民学校で戦技訓練

あったのである（象徴的な事件として、美濃部達吉博士の天皇機関説排撃運動があった）。

軍事教練

学校へは現役の軍人が配属将校として派遣されていて、生徒に軍事教練をほどこしていた。これを補佐する教練の専任教師もいた。低学年では週に二時間、高学年の四、五年生になると本式の重い銃を持って週に三回の教練の時間があった。銃の先に剣をつけて敵兵と見立てたわら人形を刺突する訓練をやらされたが、中学校へ来てまさか人を殺す訓練を受けようなど夢想もしていなかったのでとまどった。しかし口には絶対出せなかった。そんなことをしたらただちに危険思想、反軍思想、非国民のレッテルを貼られて抹殺されてしまいかねない、おそろしい時代だったのである。

いろいろな禁止事項

男女間の交際、タバコ、喫茶店、映画館などは御法度だった。とくにそんな校則はなかったように思うが、「生徒の本分にもとる行為」としてとがめられた。世間一般の風潮もそれを支持するものであったように思う。なぜならば、当時の中学生はエリート的な存在で、とくに農村地帯ではその傾向が強く、中学生はその地方の最高学府の生徒としての矜持をもつように日ごろから教育されていたし、彼ら自身もそのようなプライドを多かれ少なかれもっていたからである。

①通学時の電車は前の車両が中学生（男）、後ろの車両が高等女学校の生徒というふうに決まっていた。小学校で机を並べていた友達に会っても互いに顔をそむけてそしらぬ態度をとった。

こんな事件もあった。通学途上で見初めて恋心をいだいた彼女に、彼は気持ちを切々と綴ったラブレターを送った。それを彼女は自分の学校の先生に届け出た。手紙は女学校から彼の中学校の先生まで回送されてきた。翌日の朝礼でこのことが全生徒の前で披露された。彼はもちろん何日間かの謹慎処分を受けた。今日のものさしからすると、なんとも色艶のない時代だったようにも思えるが、女学生を清純な高嶺の花として憧憬していた往時のほうがロマンと夢があったように思えて、この点に関してだけは今の若者をうらやましいとは思わない。

②大勢の生徒のなかにはこっそりタバコを吸う者もいた（今日のように未成年者が公然と喫煙することなど社会人が許さなかった）。ある日汽車通学生の数人が下校途上デッキの片隅にかくれてタバコを吸っていた。たまたまそこを一人の紳士が通りかかった。翌日県庁の学務課長（県立学校についての行政所管者）から呼び出しを受けた校長は、生徒の喫煙の事実を告げられ、厳重な注意を受けた。昨日の紳士は出張途上の学務課長本人だったのである。下車した駅から〝犯人〟の氏名はただちに割れ、重い謹慎処分を受けたことはもちろんである。

また、ちょっと腹が黒いというのでみんなから敬遠されていたTという教練担当の先生は、これと目星をつけた生徒に背後からそっと近づき、冗談を装って突然羽交い締めにする癖があった。腕を緩めた瞬間に生徒が吐きだす息をかいでタバコの匂いの有無を調べているのだというのがもっぱらの噂であった。

③『愛染かつら』というメロドラマが空前のヒットをして、映画館は超満員、巷にはその主題歌が流れていた。大勢の観客のなかに紛れ込んでいたA君だったが、ついに巡回の先生に見つかってしまった。そして謹慎処分に処せられた。

④「職員会議録」から

以上のほか、筆者の母校の百周年記念誌上に公開されている職員会議録のなかから、生徒に対する禁止指導に関するいくつかの項目を拾ってみると、当時の中学校生活の模様がより鮮明に浮かび上がってくるだろう。
・〇〇付近の川で舟遊びをする生徒が多数との噂があり、来週土曜に教員が視察する。
・炎暑の候にも生徒の上衣は特別な場合を除いて脱ぐことを禁止する。
・下駄ばきの生徒多く、注意すること。
・夜遅く女学生と公園を散歩したものがいるので学校と共同して取り締まりたいと警察から申し出があった。
・思想問題に注意、先輩と交際するグループ多し。
・写真館への出入りを監視し、酒、煙草の饗応、居つづけを禁止する。
・映画〇〇鑑賞については三百人以上の希望があれば学校から引率する。しかし満たない場合は各自の鑑賞も禁止する。
・寒い日には小使い室、靴屋に入り火に当たる生徒があるとの投書があったので注意する。
・生徒外出門限は午後八時とする。
・野球部選手飲酒事件で停学五日から十日間、計十四名。

寄宿舎生活

家庭の事情で筆者は中学五年間を寄宿舎で過ごした。昼間の学校生活に勝るとも劣らず規律は厳しかったが、寝食を共にする仲間との生活には楽しいことも少なからずあった。しかしながら、自宅通学生であれば親から受けられるであろう温かい気配りなど、宿舎生活では求むべくもなかった。

火の気の絶えた部屋での冬の夜の勉強は、寒さが骨身にしみた。九時の消灯時間以後は延燈と称して希望者のみが別の一室で勉強を続けることが許されたが、そのために配給される火鉢の炭火は時計の針が十二時をまわるころまでもつかもたぬかの量にすぎなかった。深夜の二時、三時、吐く息が真っ白に凍ってきても、身体を毛布でくるみ、かじかむ手を吐く息で温めて暖をとるよりほかに方法はなかった。夕方の五時に終えた食事からすでに幾時間かたち、腹の虫が音を立てて空腹を訴えようとも、一片のパンはおろか温かいお茶の一杯すら口にすることはできなかった。自由に飲食することは厳しく禁止されていたからである。洗面所の冷たい水を流し込んで空腹に泣く胃袋をなだめるほかに方法はなかった。勉強を終えて真暗な寝室に戻っても、今日のように電気毛布、電気ゴタツなどの暖房器具などあるはずはなく、冷えきった手足はなかなか眠りに入ることを許してくれなかった。スヤスヤと寝入っている隣の人の布団にそっと足を忍び込ませて暖を失敬したこともあった。凍てつく夜は別室へは行かずに、消燈後に布団のなかにスッポリもぐって巡回の舎監に見つからないように気を配りながら、懐中電灯の明かりをたよりに勉強したこともあった。今から思えば血のにじむような日々であったが、ともすれば挫折しそうになる心を励まし支えてくれたのは志望校へのかぎりない憧れと夢であった。

禁止！廃止！相次ぐストップ令下の日常生活

・パーマ廃止――大和なでしこ本来の黒髪を、戦時下の貴重な電力を消費して毛唐のまねしてちじらせる必要はない。
・大学生の長髪禁止――戦時下に長髪はふさわしくない。
・ダンスホール閉鎖――戦場で兵隊が命がけで戦っているのに男と女が西洋音楽に乗って踊るとはけしからん。
・ネオン全廃――戦時下の貴重な電力のむだ使いである。
・マンガ禁止――戦場の兵隊さんを思えばマンガを読んでゲラゲラ笑っているのは不謹慎のきわみ。
・マイクロホン禁止――電気で声を拡大するような卑怯な道具は日本男児が使うべきもの

不忍池も水田となる

ではない。
・敵性語の禁止――野球のストライク、ボールは米国語だからだめ、代わりにヨシ、ダメを使わされた。西洋人まがいの芸名もだめ、たとえばディック・ミネは三根耕一に、古川ロッパは古川緑波に改名を命じられた。
・新劇解散――左翼勢力温存の場であるため。
・白米禁止――食料事情悪化のため。

大学予科（高校）・大学生のころ（一九四一―四六年〔昭和十六―二十一年〕）

特高警察

特高警察とは国民の思想を取り締まる警察である。自白を強いたり転向を強いたりするときに逮捕者に加えた拷問の凄まじさは戦後次々と明らかにされた。

列車内での検問

休暇を終えて帰学する車中でのことだった。目的地の札幌までは一日半を要する旅程だったから、漫然と時間を過ごすのはもったいない。娯楽と勉強をかねてレクラム（ドイツの文庫本）の短篇文集を辞書を片手に読んでいた。突然「チョット学生さん」と、見も知らない一人の男が座席横の通路に立ち止まって私に問いかけてきた。「なんの本をご勉強中ですか」。言葉遣いは一応丁寧だが、態度にはどことなく詰問調が感じられた。「短篇ものですが」と私。「チョット見せていただけますか」「はい、どうぞ」と私が差した本の表紙と中身をパラパラと一瞥したあと、「どんな内容の本ですか」とさらに問いかけてきた。「まあ人生論のたぐいのものでしょうか」と私。陰険な彼の目つきにさらに険しさが加わったように思えた。「国民が鬼畜米英打倒のために戦っているいま、敵性国民の人生論の本など戦争遂行に役立つと思いますか」とたたみかけてきた。この瞬間、私の脳裏に彼は噂に聞く特高警察にちがいないと思い、体に緊張が走った。しかし、私は慌てずしかも相手を刺激しないように静かに答えた。「それは英語ではなくドイツ語の本なのですが」と。相手は無言で本を私に返すなりそそくさと去っていった。当時ドイツはわが国とは盟邦であり、映画館でもイギリスやアメリカの映画はいっさい禁止なのを尻目に、ドイツ映画だけは堂々と公開されているようなご時勢だったのである。それにしても、もしあのとき私が読んでいたのが英語の本だったらどうなっていただろうか。「凶暴なる特高」と恐れられていた彼らのことだから、虫の居所によっては「自由主義思想にかぶれた者」というような理屈をつけて、「国民精神総動員法」違反の罪で逮捕、投獄することなど朝飯前だったのである。背筋が寒くなる思いがした。

英会話に熱心だったばかりに受難した北大生

A君は外国語が達者だった。大学の外国人教師のR先生夫妻（アメリカ人）やH先生（ドイツ人）が、毎週決まった日に学生のために自宅で開いていた会話教室の熱心な出席者であり、また先生の家族とも親密な仲になっていた。ところが、日米開戦の日にR先生夫妻とA君は時を同じくして官憲によって逮捕されてしまった。スパイの容疑である。A君は行動的な旅行好きの青年で、休暇を利用しては国内はもとより樺太（いまのサハリン、当時南半分は日本領だった）、満州などの辺境を好んで旅行していた。その豊富な見聞はR先生夫妻の英語教室でも格好の話題になったことであろう。かねてからR先生宅に出入りの頻繁なことをマークしていた特高は、「英会話の場を利用して米国人R夫妻は学生たちから軍事機密を探り出している。とくに学生Aは、R夫妻の歓心を買うため進んで旅行で得た軍機をR夫妻に提供している」という疑惑をもったのである。A君とR夫妻は逮捕のあとは過酷な取り調べをうけ、裁判にかけられた。結局「国家秘密法」違反のかどでそれぞれ十何年かの懲役刑に処せられたのである。取り調べの段階で彼らの求める自白に抵抗するA君に対し、「両手足を麻縄で縛り、逆さに吊して竹刀で叩いたり、両手を後ろで縛ってそれに棒を差し込んで痛めつける」

という拷問を受けたことを、後日聞かされた。十五年の刑期は敗戦による連合国の指令で四年あまりで釈放となったが、オホーツク海に面する零下二十度にもなる極寒や戦時下の逼迫した食料事情に、頑丈だった彼の心身も破壊され尽くして二度と立つことができず、二十七歳の無念の生涯を閉じたのであった。

いったい一人の学生がどんな軍事機密を盗めるというのであろうか。これは都から遠く離れた田舎の特高警察が手柄をあげたいばかりにデッチあげたスパイ事件であり、そのいけにえになったのがA君とR先生ご夫妻であったのではないだろうか。私自身もR先生夫人から英会話の授業を受けていた。開戦の日を境にしてその授業は取りやめとなったが、誰もさして不思議とは思わなかった。敵国人となったのだから当局によってどこかに保護抑留でもされたのだろうくらいに思っていた。A君のことも、私は面識はなかったが、彼の噂をする人は誰もいなかった。特高の隠密作戦のせいもあろうし、報道統制で新聞も沈黙をまもったままだったからである。事件をはじめて知ったのはそれから半世紀近くたった一九八七年に出た上田誠吉著『ある北大生の受難――国家秘密法の爪痕』（朝日新聞社、一九八七年）という本を通してだった。

特高まがいの学生課

大学や高等専門学校には、学生課という部局があった。学生の生活にかかわる業務を所管するところだから本来学生の味方であるはずだが、軍部や特高のお先棒を担いで学生を弾圧する側に回ったケースもあったらしい。昼間留守中の下宿の部屋に上がり込んで書物を検査し、自由主義的・社会主義的・反国家的傾向のものがあれば摘発するのである。こんなことを平気でおこなった人間が戦後労働組合運動で先頭にたって赤旗を振っている姿に対して、「軍部の犬め、八つ裂きにしてやりたいくらいだ」と吐き捨てるように言ったという話を戦後旧友から聞いたことがある。その人はよほどひどい目に遭ったのだろう。

兵役と軍隊

国民皆兵

旧憲法下では、兵役の義務は教育の義務、納税の義務とともに国民の三大義務のひとつで、男子は二十歳になったら必ず徴兵検査を受けなければならなかった。検査の結果、体格に応じて、甲、乙、丙、丁の各種に分けられ、甲種合格者は現役兵として二年間（海軍は三年間）服務し、ほかは戦時体制の必要に応じて「召集令状」という赤紙（郵便葉書、値段は一銭五厘）で動員された。お国のために軍務につくことは名誉なこととされていたがこれは建て前で、多くの者は内心それから逃れることを願っていたというのが事実であろう。その理由および軍隊生活の内実については実際の体験者である山本七平氏が著書（『私の中の日本軍』文藝春秋、一九七五年）のなかで記述されているので、以下に引用させていただく。

入営前に、軍隊という言葉を聞いただけで連想されるのが、その恐ろしいリンチの噂であった。だれも声高には言わなかったし、新聞には一行も報ぜられていなかったが、しかしすべての者が知っていた。訓練がものすごいとか戦場に行かねばならぬとかいうことも確かに大きな危惧ではあったが、何ともいえぬ、やりきれぬような気持になるのがリンチの噂であったことは確かである。（略）

当時多くの者が何とかして兵役を逃れたいと内心思っていた現実的な理由は、このリンチの噂であった。従ってこれを「軍民離間の元凶」としたのは正しい。多くのものは、軍隊そのものよりも、むしろリンチを逃れたかったのである。そこで徴兵のがれの秘術といったような一種の迷信まであった。

「近ごろのショネコー（初年兵）は全くブッタルンデやがる」にはじまり、あらゆる細かいミス、兵器の手入れ、食器の洗滌、衣服の汚れ、毛布のしわ、落ちている飯粒、編上靴の汚れ等々、一つ一つのミスをあげてその一日を文字通り総括し、革命精神ならぬ『軍人精神の不足』と断定して」、そこで私的制裁すなわちリンチが始まる。

合図は「めがねをはずせ」「歯をくいしばって、足をふまえてろッ!」という声であった。あとは、殴打の音、短いうめき、押し殺し切れなかった低い悲鳴、それが消灯までつづいた。

おれたちの分も――「学徒出陣」余話

その日もうだるような暑さであった。いたるところ掘り返されてジャガイモ畑になっていた学校の正面玄関前の広場で重大放送があるというので集合した学生および職員。陛下のラジオ放送など天変地異にも等しい出来事であったのに、日本民族がかつて経験したこともない無条件降伏とは。

大きな衝撃であった。無念の涙がこぼれた。なにもかもむだだったという虚脱感と、これから先どうなるのだろうという不安感に押し潰されそうな気持ちだった(男はみな去勢されたうえ、奴隷のように取り扱われるという噂が戦争中からひそかに流布されていた)。

しかし、その夜、灯火管制でそれまで暗黒の闇であった外界に、近くの家の窓からも遠くの家の窓からも、いっせいに電灯の明りがこぼれてきらめくのを目にしたとき、やっと平和が戻ってきたのだとホッと安堵の息をついたのであった。

毎年八月十五日になると思い出さずにはいられないあの日のことである。そして想いはさらに学業半ばで戦場に赴いたまま還ってこなかった級友たちのことに及び、一人深い哀惜の念に心が沈むのである。そのなかの一人、堀部勝郎君のことを書く。

一九四一年（昭和十六年）四月、私たちはともに北海道帝国大学予科に入学した。全国各地から集まった級友のなかで、彼は岐阜、私は三重と、隣り合わせの県の出身ということで、最初から親しみを覚えた。予科一、二、三年を通じていつも同じクラスで、教室での席も前と後の関係であった。

私に比べると大柄でひげの濃かった彼は、兄貴分のような感じであったが、性格は温厚で朴訥、気を許して語り合える友人であった。剣道部に所属し、大学の寮にいたが、私の宿舎に時折ぶらりと遊びにやってきたりした。

さて、予科入学の年の暮れに大東亜（太平洋）戦争がぼっ発し、戦局は年を追って緊迫の度を深めつつあったが、一九四三年（昭和十八年）、突如として学生の徴兵猶予の全面停止が発表された（いわゆる学徒出陣）。私たちにとっては、予科二年半（三年のところを半年繰り上げ）の課程を修了し、いよいよ来る十月から学部に進んでそれぞれ志望した学科に分かれて専門の講義を受けるべく、物心両面の準備をして待機していたその矢先のことであった。しかしながら、この徴兵猶予の停止にもかかわらず、例外措置として、理工系（ほかに医・教育系）には卒業までの入営延期が認められた。農学部のなかで理工系として扱われたのは林学、化学、畜産専攻の学生のみで、ほかはこの例外の枠外におかれた。このようにして、彼はただちにペンを捨て銃をとり、私はなおしばらく大学にとどまることになったのである。

このショッキングな発表を聞いたのは帰省中のことであった。新しい角帽と金ボタンの制服の大学生姿になったものの、重苦しい気持ちで新学期に向けて札幌へ戻る途中の函館駅での出来事であった。私は下り急行列車の窓ぎわの座席に身を沈めて、なにげなく外を眺めていた。プラットホームはさきほど到着した上り列車から吐き出されて連絡船へ急ぐ人たちで埋まっていた。発車のベルが鳴り渡って列車はまさに出発寸前であった。

その時、一人の学生が突如人波をかきわけて私の車窓に駆け寄ってきた。見れば角帽姿の彼であった。お互い初めて見る大学生姿であった。彼が息せき切って言うには、入営のためにこれから家へ帰るところだという。さらに二言、三言の言葉を交わすいとまもなく、汽車は動きはじめた。

「元気で。また会おう」

急いで握手をして、手を振り合った。ホームの彼との距離はしだいに引き離されていった。

と彼は、突如大切な忘れ物でも届けるかのような勢いで動きを速める列車に追いすがってきた。そして叫んだ。

「おれたちの分も勉強してくれ！」

曽子言イテ曰ク
鳥ノ将ニ死ナントスル　ソノ鳴クヤ哀シ
人ノ将ニ死ナントスル　ソノ言ウヤ善シ
（『論語』泰伯篇）

彼がそのとき死を予感していたかどうかは知る由もない。しかし彼が最後に叫んだあの言葉は、私の肺腑を衝き、琴線にふれ、今日にいたるまでいささかも風化することなく私の心のなかに生きつづけてきた。大学教師として学問の道を選んだ私にとっては、時には叱咤、時には激励の声として耳朶を打ちつづけてきた言葉であった。はたして彼の叫びに応えることができたかどうか、省みて忸怩たるものなきにしもあらずであるが。

生き残った者のある種のうしろめたさに耐えつつ、四十一年ぶりに幽明相へだてて彼と対面した。彼の墓参りは積年の願いでもあった。

旧家を思わせる広い屋敷の奥座敷には、あの函館駅で見たのが最初で最後であった角帽姿の彼が大きな額縁のなかでほほえんでいた。墓前に額突いて冥目すればどこからか彼の声が聞えてくるような気がした。ご両親はすでに亡かったが、長兄ご夫妻とゆかりの方々が温かく迎えてくださって、ひとときをともに彼への追慕に過ごした。そして函館でのあわただしい別れのあとに彼がたどった軌跡を、そのときはじめて知った。

彼はあれからすぐ入営して（一九四三年〔昭和十八年〕十月一日）、翌四四年春、幹部候補生として豊橋予備士官学校に入校したのだが、輸送船江尻丸でフィリピンに向かう途中の十月十日、ルソン島西方海域で敵潜水艦の攻撃を受け、壮烈な戦死をとげたのであった。時に見習士官。

尚忠院勝郎恵参居士様のご冥福を心からお祈りしたい。合掌。

（まつしま・きんいち　三重大学名誉教授）

第6章 残された言葉

——戦争をどう考えるか

松中昭一

私は一九二七年（昭和二年）の生まれであるから、今年七十四歳である。この人生の終末にあたって、今は亡き畏友、森田功君のお姉さんの青木みかさんからひとつの解明すべきテーマをいただいた。若い人たちの「なぜ戦争（直接的には第二次世界大戦）をはじめたの？」という質問に答えを出してほしいとのことである。この問いに答えることは、現在生きている明治・大正あるいはまた昭和の初めに生まれた者の義務であると思われる。

この戦争は私が始めたものではないが、間接的な責任は免れない。戦争をするな、戦争を止めてくれと言っても聞いてくれる時代ではなかった。そんなことをしたら非国民と言われ、命も危なかった。当時、内務大臣の弁として「国策ニ反スル和平工作等ヲ行フモノハ閣僚ト雖《いえども》ソノ生命ノ保障ヲ為スコトヲ得ス」という言葉があった時代だった。私は十四歳の中学生であった。

ここで、いままでの戦争を列記して、その原因・経過・悲惨さ・結果などを整理しようと試みたが、途中で匙を投げてしまった。今までの戦争の数は膨大で、人類はこんなにたくさんの争いや戦争をやってきたのか、人類の歴史は戦争の歴史ではないか、それにどこまでが争い・紛争でどこまでが戦争なのか。わからないことが多い。

戦争というとそれだけで毛嫌いしてそれ以上考えようとしない人もいるが、平和を願う人は戦争そのものを熟視しなければならない。あとでも論じるが、日本は憲法第九条があるから大丈夫というような平和ボケでもいけない。

二〇〇一年九月十一日にアメリカで同時多発テロが起こり、多くの尊い命が失われた。また、イスラエルとパレスチナのあいだでは、今なおテロとその報復が続いている。人間は生物として、命をもつものとしてこの世に生を受け、これを全うしたいとみずから願っていながら、なぜ戦争によって他人、いや自分の命をも絶とうとするのか。その実態を率直に追跡し、私の考えを書き残したいと思うようになった。あとで述べるように、少しの間であったが、私は海軍兵学校というところで軍籍に身を置いたことがある。そのときは、国のために自分の命を捧げるという、今から思えばとても単純な思考で、日夜、激しく厳しい訓練・学業に励み、青春をこれにぶっつけたが、終戦の報を聞き「これで命は助かった」と実感したのは事実である。私の七十年史（『農学にかける夢——ある工学士の七十年』学会出版センター、一九九八年）のなかで次のように書いている。敗戦となり、「分隊の先任者として、分隊員四十五名を無事郷里へ帰らせる義務が大きくかぶさってきてはいたが、夜ベッドに入って一人で横たわっていると『生き長らえてよかった。戦死しなくてよかった』との思いが心の隅に浮かんできたのは事実である。私が、この戦争で日本が負けると考えたのはかなり以前であったと思うが、少なくとも、それは私が戦死してからのことと考えていた」。

私は、一九四三年（昭和十八年）十二月一日に海軍兵学校から、「海軍生徒ヲ命ス」の辞令を受けた。今の人は海軍兵学校のことをあまりご存じないと思うので少し説明しておく。海軍兵学校とは、海軍の将校を養成する学校で、当時、広島県江田島にあり、増員のため岩国市および大原地区にも分校があった。旧制中学四年生以上が受験し、かなりの難関であった。将校とは、海軍士官のなかでも指揮権をもつものに与えられた称号で、したがって私たちは将校生徒と呼ばれた。階級的には、下士官の上で、准士官（少尉候補生あるいは特務兵曹長）の下であった。世界的には、イギリスのダートマス、アメリカのアナポリスの両校とともに、江田島は三大兵学校のひとつであった。

入校にあたって、当時の校長、井上成美中将は、訓示のなかでこう言った。「現下皇国ノ興廃ヲ賭《と》スル大戦ハ正ニ酣《さかん》ニシテ『一億国民悉ク戦闘配置ヘ』ノ声ヲ聞クノ秋《とき》、諸子ハ全国多数ノ青年中ヨリ選バレテソノ光栄アル戦闘配置ニ就クヲ得タリ。諸子ハ実ニ此ノ極メテ重要ナル配置ニ於テ本日ヨリ戦闘ニ参加スルモノナリ。訓育トイヒ学術教育トイヒ諸子ノ本校ニオケル学習ハ是レ皆戦闘ニ外ナラザルナリ。今ヤ諸子ノ一挙手一投足ハ断ジテ諸子ノ一身上ノ問題ニ止マラズ。況ンヤ出世栄達ノ為ニ非ズ。名聞名利ノ為ニ非ス。今日以後諸子ハ全身全霊以テ国家ニ奉公スベキモノナルコトヲ銘記スベシ」

この時点をもって、私は正にこの戦争に参戦したのである。『一億国民悉ク戦闘配置へ』とあるとおり、一般の市民でも戦闘配置についた感じであったが、軍人のハシクレとはいえ、

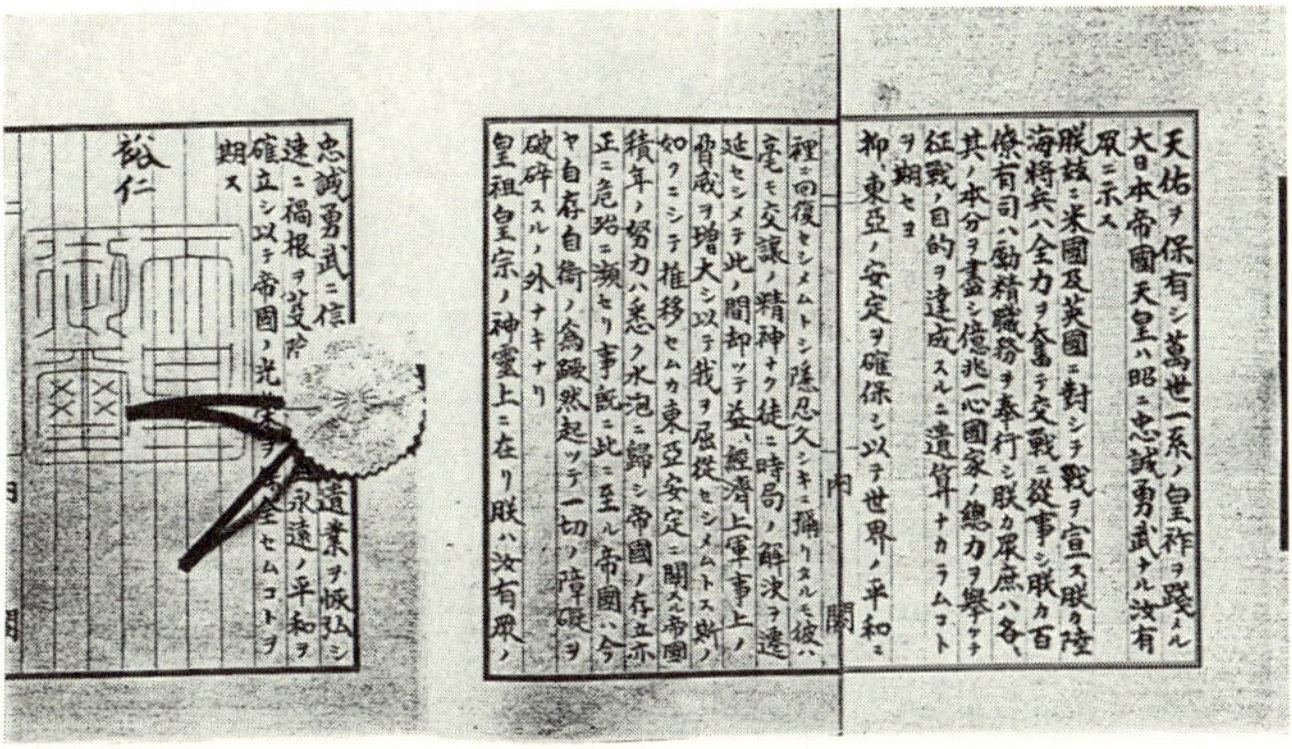

天佑ヲ保有シ萬世一系ノ皇祚ヲ踐メル大日本帝國天皇ハ昭ニ忠誠勇武ナル汝有衆ニ示ス
朕茲ニ米國及英國ニ對シテ戰ヲ宣ス朕カ陸海將兵ハ全力ヲ奮テ交戰ニ從事シ朕カ百僚有司ハ勵精職務ヲ奉行シ朕カ衆庶ハ各〻其ノ本分ヲ盡シ億兆一心國家ノ總力ヲ擧ケテ征戰ノ目的ヲ達成スルニ遺算ナカラムコトヲ期セヨ
抑〻東亞ノ安定ヲ確保シ以テ世界ノ平和ニ

……裡ニ回復セシメムトシ隱忍久シキニ彌リタルモ彼ハ毫モ交讓ノ精神ナク徒ニ時局ノ解決ヲ遷延セシメテ此ノ間却ツテ益〻經濟上軍事上ノ脅威ヲ增大シ以テ我ヲ屈從セシメムトス斯ノ如クニシテ推移セムカ東亞安定ニ關スル帝國積年ノ努力ハ悉ク水泡ニ歸シ帝國ノ存立亦正ニ危殆ニ瀕セリ事既ニ此ニ至ル帝國ハ今ヤ自存自衞ノ爲蹶然起ツテ一切ノ障礙ヲ破碎スルノ外ナキナリ
皇祖皇宗ノ神靈上ニ在リ朕ハ汝有衆ノ

忠誠勇武ニ信……遺業ヲ恢弘シ速ニ禍根ヲ芟除……永遠ノ平和ヲ確立シ以テ帝國ノ光……全セムコトヲ期ス

裕仁

宣戦の御詔書

海軍生徒となり、井上校長のこの訓示を受けたときから、もう戦闘に参加したといっていいだろう。

戦争はどのようにして始まったか

太平洋戦争は具体的にどのようにして始まったか。公式には宣戦の詔勅であるが、田辺聖子さんのやさしい説明（『欲しがりません勝つまでは』新潮文庫、一九八一年）から、その間の事情をお借りする。「ラジオのアナウンサーの声が『天佑ヲ保有シ万世一系ノ皇祚《こうそ》ヲ践《ふ》メル大日本帝国天皇ハ昭《あきらか》ニ忠誠勇武ナル汝有衆ニ示ス。朕茲ニ米国及ビ英国ニ対して戦ヲ宣ス……』私達は長い長い宣戦の勅語を、校庭であたまを垂れて聞いた。重々しく難解な勅語の意味はほとんどわからないが、大体の感じはつかむことができた。日本と、日本の天皇は、東亜を安定し、世界平和に寄与しようと常に努力してきた。しかし中国は日本の真意を理解せず、米英はまた中国を支援して『平和ノ美名ニ匿《かく》レテ東洋制覇ノ非望』をたくましくしようとしている。そのうえ、日本を挑発し、ほかの国を仲間にひきいれて経済断交をして日本の息の根を止めようとしている。日本はどうかして平和裡に交渉したが、彼らはその気はちっともない。かえって、マスマス『経済上軍事上ノ脅威ヲ増大シ以テ我ヲ屈従セシメントス』これでは日本帝国の存立も危ない。日本帝国は今や自存自衛のため、決然、たつほかはない。朕は汝ら国民の忠誠勇武を信じている。天皇の祖宗の神霊は、日本帝国を守るであろう。東亜永遠の平和を確立し、帝国の光栄を守りぬこう。そのために、臣民は戦え。そういう意味の勅語であるらしかった」

私自身も、中学二年の剣道練習の時間、稽古着に防具の胴を付けたままで、校庭でこの放送を聞いたのを覚えている(のちの終戦の放送よりもはっきりと聴くことができた)。いよいよきたかという気持ちであった。さしあたって自分はどうすればよいかを考えたが、情報の少ない時代であったし、中学二年生の頭では限度があった。

戦争の原因

戦争の原因は、国家間の利害の対立、民族間の権利・領土の主張の不一致、イデオロギーの対立、宗教上の乖離など、いろいろあるが、太平洋戦争に限定すると、前記の宣戦布告の詔勅にあるような大陸政策とくに中国北東部（ここでは日露戦争で多くの日本人の血が流された）での権益問題、それまでの中国大陸での長期の戦争のこげつき、いわゆるＡＢＣＤライン（アメリカ・イギリス・中国・オランダ）による経済封鎖（石油をはじめとする主要物質の輸出禁止）などである。現在では、戦争の原因は単純なものではなく、東アフリカ・ルワンダでの内戦も、ツチ族とフツ族の民族対立のように見えるが、そもそも元宗主国の植民地支配が原因という人もいる（多木浩二『戦争論』岩波新書、一九九九年）。

戦争の悲惨さ

戦争の悲惨さについては、現在でも、アメリカの同時多発テロやアフガンやイスラエル・パレスチナでの紛争などは、テレビの映像などでかなり知られているが、その体験者でなければ理解できない面も多い。改めてその悲惨さの一部を若い方々に示しておきたい。

人が死ぬ、負傷する、家を焼かれる、近親との別離、食糧が不足し飢餓状態になる、病気におかされるなどが、戦争で一般市民が体験することだが、実際に戦場に駆り出される兵士の心情もまたきびしいものがある。自分の命の危険さ（いつ戦死するかわからない不安）、劣悪なる前線の生活条件、それに相手を殺戮することに対する心の痛手、かなりの精神的打撃をも考えなければならない。また、出陣学徒の手記に見られるように、平和で学問や芸術を愛する行動が阻止されることも、その青春にとっては悲惨のひとつであった。田辺聖子さんの前述の著作に、『少女の友』から中原淳一の美女の絵が消えていく悲しみが述べられている。

私は少年時代、櫻井忠温の『肉弾』を読んで戦場の直接の悲惨さに衝撃を受けたのをいまだに覚えているが、激しかった日露戦争における旅順の戦場の描写を司馬遼太郎の『坂の上の雲・四』（文春文庫、一九七八年）から引用しておく。これは、旅順の司令官ステッセルの密使として日本軍の重囲を脱出したラジウイールという公爵の談話である。

「私がある砲塁を検分したとき、両軍の兵士の堆高《うずたか》い死体の山のなかに、日露二人の兵士が組み合ったまま死んでいるのを見た。しさいにみると、ロシア兵士の二つの指が日本兵士の眼窩《がんか》に突っ込んでおり、日本兵士の歯が、ロシア兵士ののどを深く食い破っている。日本兵には両眼がなく、ロシア兵は気管を露出させている。その凄惨さは、どの戦場馴れした者でも、慄《ふる》えあがらざるをえなかった」

もう一つ、広島の例をあげておこう。これは冒頭に述べた私の畏友森田功君の遺稿の一部で『ほむらの空』のなかに書かれているシーンである。原爆被災のあとで彼の動員された工場の寮内に運び込まれた数多くの遺体の姿である。

「真（彼自身）が食堂に顔を向けると、異様な光が目にとまった。かすかな青白い光が、川波に映る月のようにゆらめいている。帯のように幅広く燃え立って見えて、目をこらすと痕跡もない。ガラスに映る星の光かと思われたが、爆風に吹き飛んでガラスは残ってはいない。真は、手さぐりで食堂の入り口に近づいて中をのぞきこんだ。食堂の床の長さに、いく列かの燐光がゆらぎたっている。音もなく闇の中を燃え上がっては、いっせいにかき消えて行く。布がはためき炎の舞うように、青い光は限りない明滅を繰り返す。

電燈がともって視界がもとに戻った。真のまえの食堂の床には、燐光の列の同じ形の死体の列があった。焼けた肉や内臓が腐って溶けるのであろう。屍臭に種油（火傷治療に使用）と石炭酸（消毒薬）の匂いが混って、息の根をとめるように襲いかかった」

彼は広島高校（旧制）から三重医科大学をへて、順天堂大学で修行し、東京の三鷹で開業した。患者との物語を十冊近いエッセイ（『やぶ医者のなみだ』〔毎日新聞社、一九八九年〕などのシリーズ）にまとめたが、白血病とたたかい、一九九八年に大腸ガンでこの世を去った。

特別攻撃隊の栄光と悲劇

戦争の悲惨はいろいろなかたちで表現できるが、ここではアメリカでの同時多発テロとの関係で、戦争末期に敢行されたいわゆる神風特別攻撃隊のことを中心に戦争の一面を書いておきたい。

評論家の立花隆さんは、「自爆テロの研究」（『文藝春秋』二〇〇一年十一月特別号）のなかで、いくつかの事例をあげて、自爆（自分も一緒に死んで目的を達する）を説明している。ここで私は、前述の特別攻撃隊と今回の自爆テロとの比較（異同）を明らかにしておきたい。立花さんは、「テレビが繰り返し映し出す、貿易センタービルに突っ込んでいく飛行機の姿を見ているうちに、私はふとあのビルが特攻隊機が突っ込んでいった戦艦のブリッジのようにみえてきて、特攻機が突っ込んで行くときの気持ちを思った。衝突の瞬間、あの飛行機の操縦席に乗っていたイスラム過激派の連中にも、自分たちが悪をなしているという意識は全くなかったにちがいない。むしろ自分は神の腕の中に飛びこみつつあると思って、一種の法悦境にひたっていたのではないか」と書いている。

立花さんはさらに、「自殺的特攻作戦を持ち込んだのが、日本のテルアビブ空港作戦だった。はじめから死ぬとわかっていて突っ込む特攻作戦は、アラブ人に衝撃を与えた。それは彼らには考えられない行動だったから、オカモト（岡本公三）はたちまち、英雄にまつりあげられた」と記し、「そこには自分の命と引きかえなら相手を殺してもよいという日本的テロリストの美学が働いていたといっていいだろう」とも述べておられる。その後、自爆テロは、一九七四年から二〇〇一年の間に二十五件起きているが、これが二〇〇一年の世界貿易センタービルなどへの自爆テロに続いている。最近また、イスラエル軍による大規模パレスチナ自治区侵攻作戦に対する「テロ阻止」という作戦目標とは裏腹に、パレスチナ過激派の自爆テロは続けられ、二〇〇二年三月二十七日~四月一日の一週間で六件（女性一人。十歳代二人）に達している。

それらの犯人とみなされる人たちのほとんどはイスラム系である。その裏には、神（アッラー）のために異教徒と闘う聖戦（ジハード）という概念があり、ジハードで死ぬことは殉教者になることで、殉教者として死ぬことは、イスラム教徒にとって最高の功徳である（太平洋戦争に先立つ中国との戦いも、当時、聖戦と呼ばれた。前述の『少女の友』の話にも聖戦という言葉が使われている）。彼らの最大の関心事は現世のことではなく、死後天国へ行けるかどうかである。殉教は天国へのパスポートだから現世で生きつづけるよりも、殉教者になって天国で生きるほうが何倍もいいと信じているのである。タリバンが強いといわれたが、彼らはイスラムの教義を強く信じ、死をいとわないどころか、死（殉教）を望んで戦うからである。

ここで、殉教と殉国とが並べられるが、立花さんはこうも書いておられる。「日本は特攻隊という形で、多数（三千人以上）の殉国者を出した伝統を持つ国である。特攻隊員の手記を読むと、彼らの多くがほとんど宗教的といっていいほど強い情念をもって、国に殉じていったことがわかる。昭和戦前の日本は、現人神の支配する神国であったから、そこで育った若者たちは、国に対して宗教的情念（熱狂的愛国心）を持つようになり、それに身を捧げることに喜びを持つことができたのである。ある特攻隊員（予備学生）の手記に『一大記念すべき日なり。私の身を心を、祖国に捧げ得る日が予約された日だ。何たる喜びぞ。光栄無上絶対なり』」とある。こう書かれているが、私は、殉教と殉国とは区別されるべきものと思う。一方は私的、他方は公的となろう。

また、実際に生き残った元特攻隊員はこう書いている。私の海軍兵学校一年先輩の信太正道さん（当時は海軍少尉、戦後日本航空の機長）である。「自爆テロの映像は、神風特攻隊員だった私自身が、ジャンボ機を操縦して敵空母に体当たりし、大爆発を起こしたような錯覚に襲われた。だが、実際には当時の私の愛機は布製二枚翼の練習機だった。たとえ出撃しても、体当たりどころか撃墜されていたであろう。（略）今回のテロと日本の真珠湾攻撃は、不意打ちという点が似ている。心の中で両者を重ね合わせた米国人も多かったのではないか。自分の身を犠牲にして突撃する方法は『神風特攻隊』から発想したと思えてならない。ただ、アラーの神を信じたテロの実行犯が宗教的な確信から『自発的』に犯行に及んだと思われるのに対し、特攻隊員の多くは、『お国のため』に、意に反して死んでいった。逃げられなかったからだ。生きることより死ぬことを選び、積極的に『靖国神社にまつられたい』と願った者は、一人もいなかったはずだ。（略）日本は米国に旗を見せる必要などない。世界に示すべきなのは、この世から戦争を無くすための『希望の星』である憲法九条だ」と結んでいる（『朝日新聞』二〇〇一年十二月五日付（傍点は引用者。以下同じ））。

外国人の書いた特攻隊に関する本として、ベルナール・ミローの『神風』（早川書房、一九七二年）がある。このなかで彼は、「『日本の自殺攻撃の本質的な特徴は、単に多数の敵を自分同様の死にひきずりこもうとして、生きた人間が一種の人間爆弾と化して敵にとびかかるというその行為にあるのではない。その真の特徴は、この行動を成就するために、決行に先んじて数日間、ときとしては数週間、数カ月も前から、あらかじめその決心がなされていたという点にある。そしてその特殊な点こそが、我々西欧人にとっては最も受け入れ難い点である。（略）この日本と日本人がアメリカのプラグマティズムと正面衝突をし、そして戦争末期の数カ月にアメリカの圧倒的な物量と技術的優位の前に、決定的な優勢を敵に許してしまったとき、日本人は対抗手段を過去からひき出してきた。すなわち伝統的な国家への殉死、肉弾攻撃法である。このことをして、我々西欧人はわらったり、あわれんだりしてもいいのだろうか。むしろそれは偉大な純粋性の発露ではなかろうか。日本国民はそれをあえて実行したことによって、人生の真の意義、その重大な意義を人間の偉大さに帰納することのできた、世界で最後の国民になったと筆者は考える。（略）そしてこの行為に散華した若者の命はあらゆる戦争におけると同様に無益であった。しかし、彼らの採った手段があまりにも過剰でかつ恐ろしいものだったにしても、これら日本の英雄たちは、この世界に純粋性の偉大さというものについて教訓を与えてくれた』」という（森本忠夫『特攻――外道の統率と人間の条件』〔文藝春秋、一九九二年〕から引用）。

特別攻撃隊員が残した言葉

特攻隊で出撃した人たちは亡くなっておられるので、その真相は、その方々の残された言葉を冷静に振り返ることでしか知る方法はない。いずれも、国のためにその一命を棄てて死んでいかれた方々の言葉を読んでいただきたい。日付はそれぞれ戦死された日である。

関行男〔一九四四年十二月二十三日〕

まず、特攻第一号といわれた関行男大尉の行動と言葉を記しておく。彼は、海軍兵学校第七十期、兵学校では私より五年先輩であるが、当時二十三歳の若さで戦死された。出撃直前、同盟通信の記者〔報道班員〕小野田政さんに、フィリピンのマバラカット飛行場側のバンバン河畔で語った言葉が伝えられている。多くの本に引用されているが、一番詳しいものは以下のとおりである。

「報道班員、日本はもうお終いだよ。僕のような優秀なパイロットを殺すなんて。僕なら、体当たりはせずとも敵空母の甲板に五十番〔五百キロ爆弾〕を命中させて帰る自信がある」。そしてＫＡ《けいえー》〔妻のこと、海軍士官の隠語〕のために写真を撮ってくれと言った。さらに「僕は天皇陛下のためとか、大日本帝国のためとかで行くんではない。最愛のKAのために行くんだ。命令とあればやむを得ない。日本が敗れたら、KAがアメ公になにをされるかわからん。僕は彼女を護るために死ぬんだ。最愛の者のために死ぬ。どうだ素晴らしいだろう」

　こう語る一方で、関大尉は次のような遺書を残している（深堀道義『特高の真実』原書房、二〇〇一年）。

「遺書　西条の母上には幼時よりご苦労ばかりおかけし、不幸の段お許し下さいませ。今回帝国勝敗の岐路に立ち、身を以て君恩に報ずる覚悟です。武人の本懐此れにすぐることはありません。鎌倉の御両親に於かれましては、本当に心から可愛がっていただき真の御恩に報ゆる事も出来ず征く事を、お許し下さいませ。本日、帝国の為、身を以て母艦に体当たりを行い、君恩に報ずる覚悟です。皆様御体大切に。母上様」

「満里子殿　何もしてやることが出来ず、散りゆくことは、お前にたいして誠に済まぬと思って居る。何も言はずとも、武人の妻の覚悟は十分出来ている事と思ふ。御両親様に孝養を専一と心掛け生活して行く様、色々思出をたどりながら出発前に記す」

　前述の報道班員に語った言葉とこれら表向きの遺書の内容との乖離に、人間としての関大尉の苦痛を読み取ることができる。

　一方、『きけ　わだつみのこえ』のなかでは、数々の残された言葉が私たちの胸をうつ。以下、特別攻撃隊で戦死された三人の方々の記録である（『新版きけ　わだつみのこえ』岩波書店、一九九五年）。

大塚晟夫《あきお》（一九四五年四月二十八日、沖縄嘉手納沖にて戦死、海軍少尉候補生、二十三歳）

「昭和二十年四月二十一日。はっきり言うが俺は好きで死ぬんじゃない。何の心に残る所なく死ぬんじゃない。国の前途が心配でたまらない。いやそれよりも父上、母上、そして君たち（引用者注：三人の姉妹）の前途が心配だ。心配で心配でたまらない。（略）皆が俺の心を察して今まで通り、明朗に仲良く生活してくれたならば俺はどんなに嬉しいだろう」

「四月二十八日（出撃の日）。今日は午前六時に起きて清々しい山頂の空気を吸った。朝気の吸い納めである。今日やる事は何もかもやり納めである。搭乗員整列は午後二時、出発は午後三時すぎである。書きたいことがあるようでないようで変だ。どうも死ぬような気がしない。ちょっと旅行に行くような軽い気《ママ》だ。鏡を見たって死相などどこにも表れていない」

読者は、その朝の彼の立場に立ってその心境を想起してほしい。

市島保男（一九四五年四月二十九日、沖縄東南海上で戦死。第五昭和特別攻撃隊員、海軍大尉、二十三歳）

「我が二十五年の人生もいよいよ最後が近付いたのだか、自分が明日死んで行く者のような感がせぬ。今や南国の果てに来たり、明日は激烈なる対空砲火を冒し、また戦闘機の目を眩ましつつ敵艦に突入するのだとは思えない。畦道を手拭を下げて彷徨《さまよ》うと、あたりは虫のすだく声、蛙の鳴く声に包まれ、幼き頃の想い出が湧然と生じて来る。れんげの花が月光に浮き出て実に美しい」「隣りの部屋で酒を飲んで騒いでいるが、それもまたよし。俺は死するまで静かな気持ちでいたい。人間は死するまで精進しつづけるべきだ。まして大和《やまと》魂《だましい》を代表する我々特攻隊員である。その名に恥じない行動を最後まで堅持したい。私は自己の人生は人間が歩み得る最も美しい道の一つを歩んで来たと信じている。精神も肉体も父母から受けたままで美しく生き抜けたのは神の大いなる愛と私を囲んでいた人々の美しい愛情の御陰であった。今限りなく美しい祖国に我が清き生命を捧げ得るに大きな誇りと喜びを感ずる」

みずから安心立命の境地を確立されたお人柄に頭が下がるが、それだけにこの若さでと悲しみも大きい。

御厨《みくりや》卓爾（一九四五年六月五日、神風特攻隊員として志布志湾口で戦死、海軍少尉、二十二歳）

「この名もなき芝は、この大地から生れ、そして今その生を終えんとしている。暖かき大地の母愛に抱かれて、その『時』を待っている。生を否定した姿ではない。彼は強き生の肯定のもとに烈しく闘ってきた。今彼はその営みを終えんとしている。しかし彼は満ち足りている。そして静かに『時』を待ちながら、しかもその暖かき懐には若き力と希望とにあふれた美しい芽を抱いている。彼はこの若々しい自分の後継者に、次のゼネレーションを逞しく生きてゆく希いを何の懸念もなくかけているのだ。（略）彼は血を継ぐもの、生命を継ぐものの若い希望に充ちた姿を眺めながら、満ち足りた心で母なる大地の暖かき愛のもとに帰入する。そして静かに永遠の生命の発展を祈っているのである。私はこの小さな一本の枯芝に、日本人としての人間の生きる姿を見出したように思った。
敵に向って突入する時『自己の死』について考える者はいないであろう。ただ日本の永遠の生命の発展を祈りつつ突入して行く、否、ただ敵を殺すことのみかも知れぬ。彼はかくてかの最大の者に対して自己の総てを燃焼させて祖国の母愛の中に帰入する。彼は途半《みちなか》ばにして倒れたかも知れぬ。しかし彼は幸福である」

日本芝は多年生植物であるので、地上部は枯死しても、地下部は生きている。春になれば地上部は再生する。御厨さんは、ご自分の特攻死をこの芝の枯死になぞらえ、しかし、若い芽に大きな期待をいだきながら戦死されたものと思われる。

以上のほか、特別攻撃隊のことは多くの著作に残されているが、特攻隊員のなかでいちばん若いのは、いわゆる少年航空兵であり、しかも出撃し、敵空母に突入後に撃墜され、アメリカ駆逐艦に救助された鈴木勘次二飛曹の記録は貴重なものである。これは『虚しき挽歌——特攻　この不条理の記録』（マグプロス社、一九七七年）である。彼は、一九四五年四月十七日に出撃して撃墜されたが、奇跡的に生還してこの本を書いた。以下、特別攻撃隊の記録としては、最も精緻であると思われる前述の森本忠夫さんの『特攻』からこの鈴木二飛曹の文章を引用させてもらうことにする。「　」の中は森本さん、『　』のなかは鈴木さんほかの文章である。

「当時、十八歳の鈴木は、大学を出た予備学生達の場合と違って、彼が直面している死の意味を嗅ぎとるほどの分別ある人間ではなかったし、また敏感でもなかったが、それでもなお、『今さら取り消しできない恐ろしい方向に歩を進めている自分をみつめていた』」「一人で死ぬより一緒に死にたい。孤独の死を分かちあえば死の恐怖もまた半減する」「この頃の鈴木は、出撃命令が何時下るのかを恐れつつ、生の苦しみを感じながら精一杯生きていた。しかし、生きると言うことは死を待つことでしかなかった」

「鈴木はマラリアの再発のために発熱する。『もうどんなに叫んでも戻らない過ぎた日が恋しくなり、現実からの逃避を希う』『早く起きてくれよ。あまり長いと俺が貴様の代わりに出されるから……』と声をかける者がいた。居合せた者達は酒盛りを始めた。『おい貴様たち、俺がねている間は死なんでおれるから感謝しろよ』と鈴木がペア（同乗者）の田中と吉川に向って言った。『戦争が終るまで、寝ていろよ……』と誰かが言った」「生の中にあって笑い声を立てることの出来る整備員と、死を背負いながら待機している特攻隊員の心的情況の決定的とも言える位相の差」「宿舎で毎夜今は最早この世にいない特攻隊員達の空布団が増えて行く。布団は部屋の隅に積み上げられている」「『しかしこんな状態の時でも軍隊では宗教、信仰というものがなかった。宗教が人の命の尊さを教えるものなら、人殺しの軍の教育が宗教をさけて通ったということはあたりまえのこと』だと鈴木は思う。戦勝祈願と武運長久以外お祈りしない日本の軍隊である」「『深夜になると、うめき声、うわ言が、とぎれとぎれにきこえ』宿舎は『まるで、精神病棟のような宿舎』となっていた」

「『比島戦』と『沖縄戦』では特攻の戦略的意味が違っていた。『比島戦』ではなお《天王山》と言われたように勝敗の鍵が日本軍にもある程度存在しているように見えていたが、『沖縄戦』では誰の目から見ても日本を巡る戦局は完全な破断面に直面し、客観的に見れば、日本に残された道は無条件降伏の道しかなかったのである」「こうした絶望的な作戦が、特攻隊員の心に反映するのは避け難いことであった。しかもその一方では、特攻が普遍化し大量現象化するにつれて、こともあろうに練習機までが駆り出され（前述の信太さんの場合）、また技術的にも練度の低い、そして戦士としても士気の低下した特攻隊員が文字通り駆り集められ、軍紀さえも紊乱していたのである」

「『不安や恐怖におののいている心と、体当たりなんて、こわいものではない』と言うある種の悟性とが、彼の心の中で千々に乱れて格闘していた。『身体はいま苦痛から逃れようと考えている』。『脅迫観念』が時と場所を選ぶことなく彼を襲っていた」「『特攻という小手先の手段』をもって果たして戦局の頽勢が挽回出来るのか。この頃になって、鈴木も今や特攻作戦に対して大きな疑問を持ち始めていた」「『われわれ凡人はどうせいつかは死ぬ身だと悟り切れるものではない。悶々の日々では、一体どこに生き甲斐を求め、希望の光をみいだしたらよいのだろう。戦の相手は敵か、それとも死の恐怖か、あるいは孤独感か、苦悶するばかりである』と鈴木は何度も繰り返した彼の心の葛藤について書いているのである」

「さて、鈴木らにとって余りにも長い特攻待機にもいよいよ終幕が降りる時がやってきた。出撃の日は四五年四月十七日と定められていた」

「鈴木勘次、吉川功、それに田中茂幸の三人は、命令を受領するため飛行場の指揮所に向っていた。田中が自分が『今までやってこられたのは、鈴木のお蔭だ、俺は弱虫なんだ』と言った。鈴木は田中の言葉を打ち消したが、彼もまた生を終える人生の最後にあって、今まで友として一緒に苦楽を分けてきた田中に対して心の中で頭を下げていた」

「午前十時十分。指揮所から発進の合図」

「八百kgの爆弾を抱えた『銀河』をただ一機、戦場に出撃させても、攻撃の成功する見こみは寸毫もなかったにもかかわらず、しかも指揮官達がそのことを敢えて知りつつ、鈴木達に出撃命令を下したのである。特攻死そのものが自己目的となったこの手の無謀を極めた作戦が、この頃、やたらと実施されていたのである。何のための死か。筆者（森本さん）自身いまも憤怒を覚える」

　離陸後「『空恐ろしくなるような静寂が訪れ、孤独、不安が身を覆いはじめた。感覚が麻痺して、下界の美しい風景は次第に単純な色の層に過ぎないように見えてくる』」「鈴木は白けた機内の雰囲気を転換しようと大声で歌を歌う。だが、田中や吉川は一向に唱和せず、機内は一層白けてしまう。『ひしひしと死の実感が胸を締めつけ、不安が生理的に動悸、発汗、尿意となって、身体的変化を伴う不快感を生じてくる。こめかみのなるのが聞こえ、途絶えがちの声がうわずってくる』」「鈴木がふと気付くと、最初、飛行高度四千米で南南西の針路を取り、その後五千米にまで上げていた高度が今や九千米にも上がっている。知らず知らずのうちに操縦員である吉川が操縦桿を引いていたのである。だが、彼らをそうさせたものは『高度を上へ上へととる、星に近づけば不老不死でいられるかもしれないと思った』からであった」

私はここで、宮澤賢治の「よだかの星」を思い出した。《そしてどんどん上へとんで行ったよだかの星は燃えつづけました。今でもまだ燃えています》

「『ヨーソロ（宜候＝そのまま船や飛行機を進めて行く時の号令）』やっと目標をとらえた。苦しい行程であった。ほんとに長い行程であった。興奮も敵意もない。『海に浮かんだ物体』。それが鈴木の感じた『うつろ』な敵空母の姿であった。『やっと肩の荷がおりた。もうこれ以上は嫌だ。でも間に合った。これでいいのだ。もう死んでもいいのだ。使命は果たした。自分の戦争は終ったのだ。疲れた。安堵の気持ちの奥に、焦点のぼやけた茫漠とした表現のない死が、いつか見たことのあるような空間で待っている』『そのまま突っこめ！勝ったぞ』その最後の瞬間『安堵の心があった』」

「文字通りの奇跡的な出来事によって鈴木は一人生き残る。鈴木らの搭乗していた銀河はグラマン戦闘機に撃墜されたのである。漂流していた鈴木はアメリカの駆逐艦によって救出されていた」

この『特攻』の著者、森本さんは、「特別攻撃隊員として散華した若者達の数三千数百名。戦後四十六年を経た今日の日本の、平和で豊かな社会に住むわれわれの耳の奥底に、日本の《地の塩》たらんとして死んで逝った彼らの重い呟きが、今も聞こえるようである」と、この沖縄における特攻作戦の章を結んでいる。私も現代を生きる若い方々とともに心からなる哀悼の意を捧げ、これから私たちがどのように生きていけばよいかを真摯に考える必要を感じている。

あくまでも母国日本を護ると言って散っていった人たちの意志・意向に反して、日本は敗戦を迎えた。特別攻撃があったために、いささか敗戦の月日は遅れた（その決定には、広島・長崎の原爆投下やソ連の参戦などが大きく影響していることは事実である）。特別攻撃は歴史的観点から見て、プラスなのか、マイナスなのか。特別攻撃によって日本人の決死的意欲を示したことは戦後の日本の立場にもプラスだという人と、現在のイスラム強硬派のような一種非人間的な民族という見方をされたということ、それに停戦が遅くなっただけ人命が失われ、家財が灰燼に帰した量が多くなったというマイナス面も考えねばならない。

しかし、戦死した若い人たちの行動は忘れてもいいのだろうか。少なくとも、新しい戦争は再び始めてはならないという決意のための礎になったことは確かである。

日本国憲法は、その第九条において「日本国民は正義と秩序を基調とする国際平和を誠実に希求し、国権の発動たる戦争と、武力による威嚇又は武力の行使は、国際紛争を解決する手段としては、永久にこれを放棄する」とし、その②に前項の目的を達するため、「陸海空軍その他の戦力は、これを保持しない。国の交戦権はこれを認めない」とある。ところで、その第九八条は、「天皇又は摂政及び国務大臣、国会議員、裁判官その他の公務員は、この憲法を尊重し擁護する義務を負う」とあるが、これを熟知している該当者は何パーセントいるのだろうか。

戦争と徴兵令

小さな紛争は別として近代国家間のいわゆる戦争は、宣戦布告をもって成立するが、これは明らかに国家権力による暴力の行使である。ここでの殺人は人の倫理に反しても合法的である。合法的殺人に走らせるものは国家権力である。

これらのことは徴兵制度と不可分である。わが国の徴兵制度は、一八七二年（明治五年）の徴兵の詔勅と七三年の徴兵令の発動により始まった。これは、十八歳から四十歳までの男子に兵役につく義務を定めたもので、明治憲法（一八八九年公布）に先だって制定されたことに注目する必要がある。当時の旧士族の不満あるいは叛乱を、国民全員を軍隊に入れることで鎮圧したといわれる。明治維新の大きな目標は、富国強兵といわれるが、強力な軍隊をもつこと、近代産業を促進すること、両者の根源として税制の確立と普通教育の徹底が具体策であった。徴兵・納税・教育は国民の三大義務と称せられた。とくに、徴兵の義務を放棄、すなわち逃亡したりすると銃殺をもって対応され、その家族も世間に顔向けできないなど数々の悲劇を生んだ。

現在、全体主義国家は別として、永世中立を国是とするスイスでも次のような徴兵制度が実施されている。『読売年鑑一九九八』によれば、この国の軍事は「一八一五年以来、国民皆兵制度を基礎にした武装中立が基本。常備軍はわずかに三千三百人だが、非常時には陸軍三十五万七千四百六十人、空軍三万二千六百人を動員できる。義務兵役は十五週間（十九～二十歳対象）だが、その後、四十二歳までの間に三週間の再訓練が十回課せられる。この国は今までに国連にも支配されたくないので、これに加盟することは考えていなかったが最近これが国内で問題をかかえながらも議論されつつある。

最近のニュースとして、イスラエルのパレスチナ攻撃に対して、この国の若者たちが兵役拒否をしていることが報じられている。お隣の韓国でも徴兵制度が厳存し、農家の後継者は免除されると聞いている。アメリカでもベトナム戦争のとき、徴兵拒否が問題になった。

国家権力、徴兵制度、戦争（合法的殺人）は直結している。国家権力に従って、自分の生命を捨て、殺人行為のため外国にゆくことは、現代の日本の若者には不可能であろう。

民主主義を保持し、人権を守りぬくためにも人類共存の術を探求したい。五千年来、培ってきた人類の文化を核兵器に集約するようなことは避け、平和的手段に訴える外交的対応が至難の業であっても、全智全能を結集して挑戦してゆきたいものである。世界で尊敬される国になるためにも日本独自の「平和のあり方」を追究していくべきだろう。

一般の人の声

ここまで戦争に関係のある人たちの話ばかりを取り上げてきたが、一般の人の声も聞きたい。ここでは、新聞の投書欄から二つの文章を紹介する。

まず、十四歳の中学生の「戦争しないと言ってほしい」という投書（「声」欄、『朝日新聞』二〇〇一年十一月二十五日付）である。

「十一日の声の『近い将来、わが子にこう聞かれる気がしてならない。「どうしてお父さんは徴兵制に反対しなかったの」』という投稿を読み、本当にそういう時代がきてもおかしくないと思った。私は学校で戦争のことを習った時から『何で、みんな戦争をすぐ受け入れることができるの』という疑問をずっと持ち続けてきた。だけど、この投稿を読み、今の状況を考えると、反対する間もなく、気付いたら戦争になっていた、ということになってしまうのではないか、と思った。もうすこし月日がたてば、平和主義の日本の考え方が変わってしまうかも知れないと思うとすごく嫌だ。この戦争がひどくなれば、太平洋戦争が終ってから今まで、ずっと平和の大切さを学び、それを維持してきた人たちの努力が水の泡になってしまう。私は、絶対戦争をしてほしくないと願うだけで何もできないからえらそうなことは言えないが、小泉首相は日本国民を代表する人なんだから、どこの国に対しても『戦争に参加しない』とはっきり言ってほしい」

もうひとつ、戦前からの人の代表として、七十歳の無職の婦人の投稿を載せたい。題は「戦争の現実」である。

「一〇月二六日の『修学旅行して沖縄を知った』の高校生さんへ。あなたの言われる『教育とは恐ろしいものです』というのは全くその通りです。私たち、戦時中の青少年は、アジアを欧米の植民地から解放し、大東亜共栄圏（アジアが共存共栄する）をつくる正義の戦争なのだと教えられたのです。大人たちの中で戦争に協力しない者は非国民だと排除されたのです。戦争末期には兵器も食糧も底をつき、日本の都市が連日連夜、じゅうたん爆撃（軍事施設だけでなく、じゅうたんを敷くように一面に）されたので、国土を、家族を護るためには一機必殺しかないと、前途有為な青年たちが特攻隊として自爆攻撃していったのです。戦争は、はじめ正義の仮面をかぶってやってきますが、次第になんでもありの非人道的な行為になってしまいます。そのためには常に、教育操作、情報操作がおこなわれているのです。戦争の現実を知っている者は次々とこの世から消えていきます。あなたたち、これからの人々にこのことだけは伝えておきたいと思います」（「声」欄、『朝日新聞』二〇〇一年十一月一日付）

この二つの投稿は、この本出版の目的とまったく一致する内容である。多くの人たちが、同じような考えをもっていることに驚き、なおかつうれしい。

おわりに

以上、いろいろと述べてきたが、戦争が起きる前には、当事者のあいだで意見の不一致が見られるはずだ。戦争に歩を進める前に、相互の「話し合い」が重要であることは言うまでもない。それには国際情報の収集と、外交はとても大切である。

また私たちは、個人として正しく生きていくと同時に、他人のことも考えることが必要である。戦争前の「話し合い」にしても、当事者同士の「思いやり」が根本思想に存在すべきである。これには、おおげさに戦争論や平和論をぶつよりも、電車・バスの席を譲る、軽くてもあいさつをかわす、食事の前に手を合わす、携帯電話のルールを守るなど、社会生活のなかでのマナーを守り、人間としての資質を向上することが大切だと思う。

事にあたって前述の死と直面した若者を思い出してほしい。

（まつなか・しょういち　元神戸大学教授）

第7章

追憶

短歌＝**猪木　艶**／イラスト＝**猪木千里**

太平洋戦争

散りゆきし吾子の好みし菜種和え　佛壇に供う朝餉の前に

先立ちし吾子を偲びて花ごろも　涙にぬれて今日も暮れゆく

帰る術なき飛行機に吾子乗りぬ　溢るる涙祖母と母とは

戦争は若き男の子に酷なりや　千々に乱るる心静めて

我が軍は不利なりと言い憲兵に　日々睨まるる靴音こわや

日本は不利と言いつづける吾に　憲兵土足で踏み込み来る

憎々しあの憲兵の行動は　人の道とは言いがたきかな

原爆

原爆と世にも恐ろし爆弾を　落せし人の心淋しも

出征兵士の見送り——冬の朝は暗かった。村から練兵所のほうまで何度往復したことであろう。

ソ連参戦——日ソ中立条約を破棄して、対日宣戦を布告したのは、1945 年 8 月 8 日。

被爆せる子等を抱きてさまよえる　母の姿の耐え難きかな

爆音の止みし日々とはなりぬれど　散りにし人の面影しのぶ

東京の街を歩けど物はなく　如何にすごさん子等を抱きて

ようやくに爆音止みて安らけき　日々とはなりぬ朝な夕なに

勝を急ぎ原爆落せし人々は　何と悲しき心のあるじ

終戦の放送――数少ないラジオの前に集まって玉音を聞いた。
「残念だ」という人、「やっと済んだ」とホッとする人さまざま。

進駐軍のチョコレートに群がる子どもたち――津市にて、1945 年秋。

終戦の日

玉音にひれ伏し涙す吾子を抱き　平和の日々を希う夏の日

終戦を知るよしもなきみどり児は　両手かざして無心に眠る

疎開地に玉音拝す涙して　空しく聞きぬ蝉しぐれかな

（いのき・つや　岡波総合病院相談役）

（いのき・ちさと　岡波総合病院顧問）

第8章

昭和の夜明けまで

――わが来し方を振り返って

安江恒一

生い立ち

私は一九〇九年（明治四十二年）生まれ、今年九十三歳になる。

生まれたところは「つちの子」で知られた岐阜県の東白川という山村で、村の中央を白川という清流が流れ、村はずれの小高い丘にのぼるとうち重なる山並の果てに、夏でも雪をいただく木曽御嶽の霊峰が遠望できる景色のいい村だ。

村の総面積の八割は山で、主食とする米麦が生産できる耕地は二割しかない。したがって不足分は村外から求めねばならないという自給自足のできない寒村であった。

しかし、それは私が子どもだったころのこと、農業技術が進歩し、種蒔きも刈り取りも機械化され、肥料の改良にも成果をあげた今日では昔と事情が違うかもしれない。

村の暮らしも今日では衣、食、住ともに都市のそれとほとんど遜色がないほどよくなったが（広い住居や豊かな自然など、都市の生活より勝った面も少なくない）。昔は主食は白米三分の麦飯に副食は味噌汁、漬物と、どこの家も一様に粗食であった。ご馳走にありつけるのは盆と正月くらいのものだった。

小作人

百姓と言いながら自分の土地を持たないで他人の土地を借りて耕作する農家（これを小作人と言った）が、この村の全農家の三割以上もあって、汗水流して生産した米や麦の何割かを（五割くらいになったときもあったという）小作料として地主へ納めなければならなかった。何割とるかは地主の裁量だから、よくばりで無慈悲な地主の耕地を借りた小作人は泣かされたものだった。

収穫の秋、取り入れがすむと、新米を詰めた米俵の何俵かを大八車に積んで、広大な地主の屋敷へ向かう小作人たちの姿が村のあちこちで見受けられたものだ。

地主は労せずして多くの収益を得、豊かに暮らすことができた。村のうちで白壁の土蔵が目につくのはこうした地主の屋敷だけであった。

先祖の代から続いてきたこのような小作制度が廃止されたのは、敗戦後連合軍司令部の指令によるものだった。

そのおかげで解放されて地主になった小作百姓たちは、いい世の中になったものだと相好をくずした。収穫が丸ごと自分の物になるのだから無理もない。私の知人のある小作人が、「マッサカさまのおかげ」だと喜んでいるのでなんのことかと思ったら、「マッサカさま」は連合軍総司令官マッカーサー元帥のことだった。笑い話ではない、本当の話だ。

いずれにせよ、親先祖の代から続いた小作人の桎梏から解放されることができたのは敗戦のおかげといえよう。

義務教育

東白川村は貧しいながら子弟の教育には熱心な村であった。

越原、神土、五加という村内の区ごとに小学校が置かれ、そのうち村の中央にある神土小学校には高等科が設けられていた。高等科を持つ小学校は尋常高等小学校と称して、ほかの尋常小学校より一段格が高かった。

一九一六年（大正五年）四月一日、教え八歳（当時の義務教育就学年齢）になった私は、越原尋常小学校へ入学した。男女あわせて四十人ほどの小人数で、先生は校長ほか二人、その二人の先生は夫婦であった。とくに奥さんは優しい先生だった。

私は小学校六年間、一番（首席）でとおして両親を喜ばせたが、とくに頭がよかったわけではない。同級生がほとんど百姓の子どもで、家の手伝いで勉強するひまがなかったり、もともと勉強が好きでなかったせいだろうと子ども心にもそう解釈していた。

おかげでみんなから優等生というレッテルを貼られ、のちのち何かにつけてプラスになったように思う。

尋常小学校を卒業した私は、神土小学校の高等科へ進んだ。

当時義務教育は尋常小学校の六年間だけで高等科は義務ではなかった。高等科まで進むのは、この村では尋卒の三分の二くらい、女子はもっと少なかった。しかもこれは東白川のような僻村のことで、都市部に近づくにつれ進学できない子どもはもっと多くなったはずである。

高等科のない村はなかったが、ほとんどが二年制だったなかで、わが神土小学校だけは三年制で、教育に対する村の熱意がうかがわれた。しかし強制ではなかったから、二年で卒業して学校を離れる者が大半だった。高三まで残るのは大方は男子ばかり、村ではエリートといえた。

ちなみに、旧制の中学校や高等女学校は通学できないような遠い町にあり、経済的な理由で進学する者が少なく、私の同級生は一人もいなかった（現在では中学卒業生の過半数が高校へ進んでいるようである）。

同じ村とはいえ、神土小学校へは約四キロも歩いて通わねばならなかった。

ゴム靴というものが村の雑貨店でも売られるようになったのは私が高等科へ通うようになってからで、それまでは藁草履が日常の履き物、しかもそれは自分で作らなければならなかった。子どもは運動が激しいから、藁草履はよくもって一日、何足も作りだめしておかないと翌日から履いていくものがない。年端も行かぬ小学生でも学校から帰ると、藁の束を木槌で叩いて軟らかにし、せっせと草履作りをしなければならなかった。

祖父や祖母があれば代ってやってくれるので、老人のいる家庭がうらやましかった。

旅立ち

小学校を卒業しても、家業を継ぐ長男以外はなんらかの職業に就くことを考えなければならなかったが、当時は村外に出るということは皆無といってよかった。

私は長男ではあったが農家ではなかったので、どんな職業を選んだらよいかとあれこれ迷った。

小学校を出たばかりの年少者を迎えてくれる村内での職業といえば、農家の手伝い、商店の小僧さんくらいしかなかった。

しかし、私は労働に向くような体ではなかったし、勉強や読書が何より好きだったから、なんとか知的な仕事に就けないものかと念願していた。

村で知的な職業といえば役場か郵便局の職員、それに教員だが、これは資格がいるし、おいそれと先生にはなれない。

そんなおり、村の旧家のご夫妻が名古屋市で女学校を創立して経営されていることを知った。越原和《やまと》・春子のご夫妻である。

たまたま母が春子先生と小学校で机を並べる幼な友達だったご縁で、両先生のもとでお世話になることに話が決まり、私は一九二四年（大正十三年）八月、高等科を中退し両先生のお伴をして名古屋へ来たのである。十五歳の初旅であった。

名古屋へ来た私は、先生のお宅に住み込んで、昼間は名古屋高等女学校の職員室で雑用を手伝いながら、名古屋電気学校の夜間部へ通うことになった。

こうして、将来人生を左右するような起伏の多い私の青春時代が始まったのである。

昭和の夜明け

わずか十五年の短い「大正」の治世が終りを告げて、「昭和」と改元されたのは暮れもおしつまった十二月二十五日のことである。

おん年二十五歳（私の記憶に誤りがなければ）の若き天皇を戴いて、輝かしい幕明けとなるはずの「昭和」は、改元早々の一九二七年（昭和二年）三月、深刻な金融恐慌に見舞われるなど激しい嵐のなかの船出となった。

満州の風雲急

翌二八年（昭和三年）六月には、馬賊の頭目から身を興こし、やがて満州（中国東北地方）

全域を支配した張作霖が、満州鉄道奉天（現・瀋陽）駅付近で、乗車中の列車もろとも爆破されて死亡する事件が起こり、これが関東軍の仕業とわかって時の田中（義一）内閣が総辞職する騒ぎに発展した。

関東軍というのは、日本の居留民や権益を守るために満州東北部に配備された陸軍部隊で、実は日本の中国侵略の中核部隊と目されていたものである。

さらに一九三一年（昭和六年）九月十八日夜、奉天東北の柳条湖付近で、満州鉄道が何者かによって爆破される事件が起こり、満州事変の発端となったが、これも関東軍が仕組んだ謀略だったことが後日判明した。

五・一五事件

越えて一九三二年（昭和七年）五月十五日白昼、陸・海軍の青年将校の一隊が、内閣総理大臣公邸、警視庁、政友会本部などを急襲し、首相犬養毅らを射殺する事件が勃発して全国民に大きな衝撃を与えた。いわゆる五・一五事件で、日本の軍国主義、ファシズムの幕明けといわれるものだ。

たまたまこの日、私は郷里から遊びにきた従兄弟たちと大須（名古屋市の盛り場）で芝居見物をしていたが、幕間に外へ出ると、号外配りのけたたましい鈴の音に驚かされたことを覚えている。

五・一五事件が日本の軍国主義とファシズムの幕明けとされていることは前記したとおりだが、当時の世情はどんなだったであろうか。

マルキシズム

第一次世界大戦後欧州で生まれたマルキシズムがわが国に渡来し、思想界や知識階級に浸透して同調者を増やしていた。

天皇制や私有財産制度を否定し、現体制を破壊して共産革命の実現を究極の目的とする共産党の活動に警戒心を強めていた政府は、治安維持法を改正強化するとともに特高警察を総動員して、三・一五事件と呼ばれる徹底的な弾圧を敢行した。

三・一五事件

一九二八年（昭和三年）三月十五日、政府は一道三府二十七県にわたり、共産党やその支持者千五百六十八人を検挙し、四百八十三人を起訴した。

世間は、共産党やその党員を党旗の色にちなんで（?）アカ（赤）と呼び、暗くて恐ろしいものとのイメージをいだいていた。「アカ」とは、危険思想やそれを信奉する人たちの代名詞であった。職場などでも、とかく反抗的だったり言いにくいことをずけずけ言う人間は、あいつはアカだと陰口されたものだ。

さて、「自分史」に戻らねばなるまい。

一九三一年（昭和六年）三月、中京商業学校の夜間部を卒業し、六年間にわたる夜学生活にピリオドを打った私は、卒業したら就職を世話しようとの約束どおり、越原先生のお世話で名古屋市の中区役所に職を得ることができた。

新採用の時期でもない年度の途中だったのに、越原先生に対する同郷のよしみとかで、区長さんの鶴の一声で苦もなく縁故採用してもらえたのだった。いまならなかなかこうはいかないかもしれない。

十日足らずの臨時雇用期間が過ぎた一九三一年八月一日付で、「中区所雇に任用する」という毛筆書きの立派な辞令を手にすることができた。月給二十八円。私は満二十二歳だった。これで両親やお世話になった方々に顔向けができると安堵したものだった。

臨時ニュース師走の朝を震憾す

限りなく眩ぶしく今朝の師走空

戦勝の号外なれば神棚に

配給の乏しき酒を神酒《みき》となす

山本五十六元帥戦死

夏空に散華軍神となり給う

ミッドウェイ

敗戦を民には秘して夏到る

戦況の噂炉端に声ひそめ

全国で繰り広げられた金属献納運動

玉音放送を拝す滂沱と涙夏草に

平和回復

きのうきょうよき菊日和続きけり

（やすえ・こういち　元女子大学事務局長・理事）

第9章 忘れられないこと

——狂乱の時代を生きて

森田 右

私は一九一八年（大正七年）生まれで、現在（二〇〇二年二月）八十三歳である。三重県の田舎で六人きょうだいの次男に生まれ、村の小学校を卒業後、津中学（旧制で五年制・現在の津高校）に入学した。四年生修了で第八高等学校（旧制八高・名古屋）へ合格した。八高を卒業して大阪大学（旧制の帝国大学）理学部物理学科へ入学した。ここを卒業して九州大学の助手に就職した。一九四一年（昭和十六年）、二十二歳のときだった。この年の十二月に太平洋戦争がはじまった。戦後、九州大学で助教授・教授と昇進の後、六一年に東北大学へ転任した。ここで、サイクロトロン・ラジオアイソトープセンターの創設と初代センター長を務めた。国立大学の定年をひかえ、八一年に東北大学をやめて法政大学へ移った。そしてイオンビーム工学研究所所長を務め、八九年、七十歳で定年退職して現在にいたっている。

思えば、大阪大学を卒業するまでの二十二年間を関西で、次いで福岡で二十年と三カ月、それから仙台でちょうど二十年、東京へ移って今年で二十一年になる。

私の専門は物理学のなかでも、原子物理・原子核物理・放射線物理で、加速器をもちいた微量元素分析（ＰＩＸＥ＝ Particle induced x-ray emission の略で、陽子線を物質にあてて発生する特性Ｘ線を測定して微量元素分析をおこなう方法で、ごく微量のサンプルでもｐｐｍ以下の不純物を分析することができる）では、日本で最初に着手してきた開拓者と自負している。一昨年まで日本ＰＩＸＥ研究協会の会長を、また国際ＰＩＸＥ研究誌（International Journal of PIEX）

の編集長を務めてきた。いっぽう、国際会議や共同研究への招聘などで、中国・台湾へ、それぞれ六回ずつの訪問を含め、アメリカ・フランス・ハンガリーなど、海外渡航も三十回ちかく、国際交流にも努力貢献してきたつもりである。

一九七七年（昭和五十年）、日仏学術交流に貢献した功績によってフランス政府よりアカデミーパルム勲章を受けた。九二年には研究業績を含めて日本政府（正確には天皇）から勲二等瑞宝賞を受けた。

戦中・戦後に二回、半年ぐらいずつ栄養不良で肺結核になり入院した。一九四三年（昭和十八年）に召集令状がきたときはちょうど入院中だったので、診断書と事故届を出して終戦まで生き延びることができた。現役中は、これ以外、幸運にも大きい病気をすることなく活躍することができた。定年間際の六十九歳になって突然、血尿がでて医者に乳頭腫といわれ、妻がお医者さんに「がんではないですか」とたずねたら「そうです」といわれ、そのまま私に話してくれた。ショックでなかったといえばウソになるかもしれないけれど、お医者さんに任せようと覚悟はできた。二年ほど化学治療を続けたが、進行を防ぐことができず、九〇年に膀胱切除の手術をうけた。十時間に及ぶ大手術だった。幸いにもそれから十一年余、転移再発することなく元気に過ごすことができた。一昨年、腸閉塞を起こし、二度目の開腹手術をうけた。年齢のせいもあって体力はだんだん衰えてきているが、まずはめぐまれた日々を過ごさせてもらっている。
九州大学助手時代――敗戦の翌々年――文子と結婚した。生活困難な時代をへて結婚生活五十五年になる。考えてみると、立身出世やお金のことで、妻から文句を言われたことは一度もない。ありがたいと思っている。人生、夫婦で共通の価値観をもつことの大切さを痛感している。

私の思想遍歴

津中時代は生真面目なガリ勉野郎で過ごした。八高へ入ると一挙に解放されて、青春を謳歌することになった。信じられないかもしれないけれど、旧制の高等学校は全国で約三十校、七つの帝国大学への進学者を養成するエリート校、なかでも一高から八高まではナンバースクールとして誇り高かった。一年生は全寮制で、六人が一室で一年間（一人は室長として二年生）生活をともにして、いやでも社会性と教養を身につける教育だった。「恥を知れ」というのが当時の八高の校訓だった。

一九二五年（大正十四年）治安維持法制定、二八年特高警察設置（特別高等警察の略。反戦反軍的思想活動の取り締まりを担当した警察）、三・一五事件（共産党大弾圧）、三一年満州事変勃発、三二年五・一五事件（犬養毅首相殺害）と、社会は急速に軍国主義化していったが、当時の高等学校ではまだ大正デモクラシーの残り火といえようか、自由な気風で軍部反対の声が強かった。古本屋では、まだ唯物論全書なども売っていた。西田幾多郎の『善の研究』、阿部次郎の『三太郎日記』、和辻哲郎の『古寺巡礼』などは必読書で、カントやヘーゲルなど観念論哲学の難しい本を読む学生も多く、文学ではトルストイ、ドストエフスキー、ジード、モーパッサンなど、文科と理科の違いなく古典を読むのが必修の教養だった。

しかし一年生のとき、二・二六事件が勃発すると、数日間、新聞もラジオもまったくとまってしまった。うわさで「軍隊がクーデターを起こし、重臣や政治家が殺されている」ということが伝わってきた。もっとも多感な時代、寮で友人たちが集まって「これからの日本はどうなるのか」と心配して話し合ったことを覚えている。

一九三八年（昭和十三年）に大阪大学入学、この年、国家総動員法公布、翌年ノモンハン事件、四〇年日独伊三国同盟と、世の中は急速に軍国主義化していくのに反比例して、私自身は左傾化していった。物理学科の学生（二十人）は三〜四人のグループごとに自分の専門領域をめざして実によく勉強した。私のグループのなかにMさんという学生がいた。彼は優秀な物理の学生であったが、それ以上に社会科学に興味をもち、マルクス主義者だった。彼に薦められて、私もエンゲルスの『家族・私有財産・国家の起源』やレーニンの『帝国主義論』を読むうち、その明快な科学的論法にひかれ、マルクスの『資本論』全三巻を読むようになった。もちろん当時、共産党は非合法化されており、Mさんがどれぐらい実践活動に関係していたのか知る由もないが、彼は大阪大学卒業後、召集されて戦死したと聞いていた。最近になって、実は組織活動に関係していたということで、憲兵に殺されたのだということを聞いた。彼との交友で私もブラックリストに載っていたらしい。大学三年のとき、突如、真夜中に特高二人が下宿に踏み込んできた。書棚や押入れなどを勝手にひっくり返して引き上げていった。この間、まったく無言、もちろん捜索令状もなければみずから名乗ることもなかった。私の机の上には『資本論』がおいてあったが、『微分積分学』のカバーがかけてあったので、特高は数学の本と思ったらしく中味を見ないまま出ていってしまった。間一髪というのは、こういうことだろう。もし見つかっていたら「チョット来い」と留置場入りだったろう。そんなことができる世の中だった。三重県へ帰省する途中、松阪駅のプラットホームで、持ち物をすっかり検査されたこともある。これは当時の大学生の制服が狙われたのだろうと思っている。九州大学の助手時代にも一度、下宿へ特高に踏み込まれたことがある。別に理由があったわけではなく、大学の知識分子などというのは、一応監視下にあったのだろう。このときの特高氏、敗戦で特高の解散後、福岡の街中でばったり出会ったことがある。もちろん公職追放になっていたはずで、スゴスゴと姿を消していった。戦後、労働運動の高まりとともに、私も九州大学職員組合の執行委員などをやらされ、共産党のシンパのような存在だった。

一九六一年（昭和三十六年）、東北大学へ転任した。私の研究室にも複数の共産党の人がいた。彼らと毎日顔を合わせて議論しているうちに数年がたった。しだいに彼らの言うこととやることに矛盾を感じるようになった。彼らの要求はつねに「民主的・民主化」ということであるが、実際にやることをみていると、党利党略であり私利私欲としか考えられなくなってきた。私は、共産党というのは先憂後楽、少なくとも私利私欲をはかるものとは思っていなかったので失望も大きかった。

ちょうどそのころ、立花隆の『日本共産党の研究』（講談社、一九七八年）が出て、読んでみると「なるほど」と納得のいくことが多い。組織運営の原則である民主集中制の欺瞞性などが指摘されている。これに刺激されて批判的な目を向けてみると、共産党批判の本がたくさん出版されている。なかには感情的なものもあるが、納得させられるものもある。五〜六冊は読んだろうか。小泉信三の著作なんかもよい。彼は長男の海軍大尉を戦争で失っているが、根っからのリベラリストとして傾聴に値する。小泉氏の共産主義・資本主義についての専門論文は、『小泉信三全集』全二十六巻（文藝春秋）にゆずるとして、一読に値するのは『海軍主計大尉　小泉信吉』である。一九四六年（昭和二十一年）、私家版として出版され、「幻の名著」といわれた。著者の没後、六六年文藝春秋から出版された（五〇〇円）。獅子文六氏は

「小泉文学の最高傑作」と絶賛し、ロングセラーになっている。

三年ほど前、友人のマルクス経済学者（九州大学名誉教授）に会ったとき、彼に「生産手段の社会化は、生産力を飛躍的に発展させるというのが、社会主義の大原則だが、旧ソ連でも中国でもそうならないのはなぜか」とたずねたところ、彼は「理論としては正しい。ただやるのが人間だということを忘れていたと思う」と言った。やはり友人の日本共産党幹部（政治局員）の一人に、「近ごろ、日本共産党はずいぶん変貌しつつあるが、社会主義を捨てたのか捨てていないのか、どちらか」と詰め寄ってみたがノーアンサだった。捨てたにしろ捨てないにしろ、次の質問を用意していたのだが、不発に終わった。共産党というのは、やはりほかの政党とは違った体質だと思う。

海軍大将の九大総長

一九四五年（昭和二十年）三月、海軍大将百武源吾が第七代九州大学総長に就任した。京都大学滝川事件（一九三三年）や、東京大学美濃部教授の天皇機関説（一九三五年）など、学問思想の自由をめぐって、大学と政府・軍部が対立抗争したことは何度もあったが、兵科の軍人が帝国大学の総長になったのは、ほかに例のないことである。兵科というのは、陸軍では陸軍士官学校から陸軍大学校、海軍なら海軍兵学校から海軍大学校と、戦争の指揮官として教育訓練された職業軍人である。当時、私は九州大学理学部の助手で、総長がどういう手続きで選出されるのかさえ、まったく知らなかったが、工学部の教授たちが中心になって担ぎだしたという噂だった。

このころ、戦争はすでに末期、前の年にサイパン島が陥落してＢ29の爆撃が連日のように続き、誰の目にも敗色濃厚だった。しかし、敗戦になったら、国はどうなるのか、大学はどうなるのか、まったく見当がつかなかった。工学部には電気・通信・機械・応用化学・造船・航空学科など戦争に直結する科学技術がいっぱいある。結局、戦争に直結しようとする最後のアガキだったと思う。

かつて航空学科の先生から、「旅客機を安全に飛ばすというだけだったら、われわれの出番はほとんどない。スピードとか旋回能力とかギリギリの性能を要求される軍用機こそ、われわれの腕のふるいどころです」と言われたことがある。

ところで、軍隊における礼儀について、私の経験をひとつ紹介させていただく。

さかのぼって私が大阪大学の学生（三年生）のとき、研究室の先輩だったＫさんが陸軍に召集され、一年間の見習士官ののち、技術少尉に任官し、休暇で研究室へ遊びにきた。私は彼と大阪の街へでかけた。心斎橋の上で、反対側を陸軍の下士官が通りすぎていった。途端にＫさんが大声で「そこの陸軍軍曹、待て」と叫ぶなり、駆け寄っていきなりチカラいっぱいなぐりつけて、「貴様、なぜ上官に敬礼しないのか」と一喝。所は心斎橋の上なので、たちまち見物人にかこまれた。もちろん下士官は平謝り、Kさんはもう一度殴って引きあげてきた。Kさんとこの下士官は、部隊も違うし面識があるわけでもない。帝国陸軍の将校と下士官というだけのことである。Kさんというのは、研究室にいたときは、とてもおとなしい内気な人だった。一年間の軍隊生活でこんなに変わるものかと恐ろしくなった。

話を元へ戻そう。百武総長は九州大学へきて、教授と助手が対等に口をきき、教授の言うことに助手が質問し議論しあっているのが、まったく理解できなかったらしい。もちろん軍隊では、上官の命令には絶対服従で質問や疑問が許されるはずがない。戦前、日本の国家公務員には、判任官と高等官があり、助手と大部分の事務官は判任官で、高等官には奏任官（助教授クラス）・勅任官（教授クラス）・親任官（総長）と格付けされていた（高等官一等から八等までという格付けもあり、高等官食堂というのも別に作られていた）。それで、百武総長からしじもまで出された命令は、「今後、高等官と判任官は別の記章（バッジ）をつけ、判任官はいつどこであっても、高等官に対して敬礼すること」というものであった。当時、金属は兵器製造に供出されてほとんどなく、瀬戸物で作った直径一センチあまりのバッジが配布されて、安全ピンで国民服の胸につけることになった。仕方なく私も判任官バッジをつけていた。しかし、面識のない人には、高等官でも敬礼する気にはなれず、敬礼しなくても相手の方でも別に気にしている様子でもなかった。結局、大学の気風にはなじまなかったらしく定着しなかった。

　戦況はますます厳しくなった。三月十日は東京大空襲、四月にアメリカ軍沖縄上陸、六月には日本軍全滅、福岡大空襲、八月にはいると広島、長崎への原爆投下でとどめをさされて八月十五日の敗戦となった。軍人の公職追放で百武大将も九州大学から去っていき、農学部名誉教授の奥田譲が総長になった。私の判任官バッジは、しばらくの間、机の引き出しに入っていたが、なんとなくイマイマしく屈辱感もあって捨ててしまった。今にして思えば、あの国中が狂乱時代の記念品として残しておいたほうがよかったかもしれない。

原子爆弾災害調査（長崎）

　一九四五年（昭和二十年）八月六日に広島へ、同九日に長崎へ原子爆弾が投下された。日本の大本営発表は新型特殊爆弾といい、アメリカ軍は短波放送で原子爆弾と放送した。福岡にあった西部軍司令部は九州大学へ、「本当に原子爆弾かどうか測定してくれ」と言ってきた。当時、放射線の測定器は、九州大学のなかでも私たちの研究室に手製のGM計数管などがあるだけだった。さっそく助手だった私はこれをもって教授と一緒に、八月十一日の夜汽車で長崎へ出発した。十二日朝、長崎の手前約一時間ほどの諫早の駅につくと、すでにプラットフォームには百を超える死体が積み上げられていたのにドギモを抜かれた。トンネルを抜けて長崎へ入ると、周囲の山々は一面に赤茶けて緑はまったくなくなっている。街へ出ると市電の車体が、死体の詰まったまま爆風に押しつぶされている。一面の瓦礫のなかで死体を焼く煙が立ちのぼり、道端には瀕死の重傷者が、真夏の太陽の下にうごめいているという、まさに地獄であった。しかし人間というものは恐ろしいもので、こういう光景にもすぐに感覚が麻痺していくものである。戦場でもこういうものだろう。

原爆焦土の長崎

　洞窟内の長崎要塞司令部へ案内され、調査の打ち合わせをおこなった。司令部の将校は、「原子爆弾なんかではない。B29（米軍爆撃機）が空一面にガソリンをまいて火をつけたんだ」と言い張っていた。爆心地付近の土を採集してきてGM計数管に近づけたら、すぐにガーガー鳴りはじめた。原子爆弾であることは疑う余地はなかった。軍のトラックで爆心地へ行く途中、グラマン（アメリカ軍戦闘機）の機銃掃射を受けたが、幸い無事だった。

このようにして私たちの原爆調査は始まった。敗戦の混乱が一応収まって、十一月ごろだっただろうか、九州大学医学部の医者たちは、すでに被爆者治療のために長崎へ動員されていて、この医者たちと一緒になって、私たちは放射能の測定をおこなうことになった。爆心地から山ひとつ隔てた長崎の西山地区も、雨と一緒に死の灰（核分裂生成物）が降りそそぎ、地面一帯が強い放射能をもっていることが判明し、その後、数年間に及ぶ測定は、おもにこの西山地区でおこなわれることになった。爆心地付近の放射能は、それほど強いものではなく、間もなく減衰していった。爆心地付近で東西南北方向へ数メートルのなかで被爆死亡者の骨を収集し（それほど多かった）、原爆による骨の誘導放射能の強度を測定して、爆心の位置を決定した。その結果は、爆発の時のせん光による焼け焦げた跡（橋の欄干や建物の影など）から求めた爆心の位置と一致した。真夜中の停電した実験室で、月の光で人骨をすりつぶし、測定用のサンプル作りをしたのは、気持ちのよい仕事ではなかった。

西山地区の死の灰による放射能は強く、一時は住民の避難退去が検討されたこともあった。西山地区からその西方数十キロメートルにわたって山野が汚染されていた。数カ月に一度、約三年に及ぶ測定で、西山地区の放射能も拡散と減衰でしだいに弱くなり問題にならなくなった。住民の血液検査の結果も、一時は相当の異常値を示したが、しだいに平常値を回復していった。これらの結果は日本学術会議編『原子爆弾災害調査報告』にまとめられている。

さもしい話だが、お医者さんの調査団と一緒に行くと、いろいろの余得があった。西山地区の町内会長のお宅で、サツマイモなどをふんだんにご馳走してもらって食料不足を解消することができた。敗戦の年に一度、広島へも放射能測定に行ったが、広島では、長崎の西山地区のような死の灰が降った地域がなく、放射能測定を続ける必要がないことがわかった。

フランスで

私は一九六四年（昭和三十九年）から七一年にかけて、パリ大学南校オルセー原子核研究所（六カ月間）、グルノーブル大学原子核研究所（一年間）、国立ストラスブルグ原子核研究所（四カ月間）と合計二年ちかくフランスに滞在していた。フランス人は個性が強く、理科系の人間でも議論好き、とくに政治談義が好きである。かつてドゴール大統領が「フランスは une collection des quarante million individualites（四千万の個性の集まりだ）」と嘆いたという。国民の一人一人が勝手なことを言ってまとまらないという意味である。そのフランス人がピシャリとまとまることが二つある。国家の安全保障と人道問題だそうである。たとえば、交通事故で負傷者が出たとする（実際、交通事故は結構多い）。通りかかった人、近所に住む人が、すぐに手分けして、救急車を呼ぶ人、警察に通報する人、家族に連絡する人、応急処置をする人と、協力体勢が自然にできあがっていくそうだ。

フランスの研究所では、昼食をキャンティン（食堂）で食べ、その後キャフェでコーヒを飲みながら友達同士だべるのが習慣になっている。

ある日、昼食後のキャフェで、友人のFさんが同僚のAさんと口角泡をとばして議論していた（政治問題だったがテーマはなんだったか忘れた）。研究室へ帰ってから、私がFさんに「あなたはAさんと反対の意見なのか」と聞いたら、Fさんいわく、「いいや、個人的には私はAさんと同じ意見で賛成なのだ。しかし賛成というだけでは議論が深まらない。だから私は反対の意見を代表して討論してみたのだ」とケロリとしていた。通常日本では、自分の主張をぶっつけあってどこまでも平行線の議論をするか、あるいは同じ意見の者だけが集まって気勢をあげることが多い。FさんとAさんのような議論がおこなわれるようになると、民主主義も広く深く根づいてくるのではなかろうか？

私がフランスにいたころ（米ソの冷戦時代）、研究室には実にいろいろな国の人がいた。なかでも東欧の社会主義国からの人が多かった。ポーランド、チェコスロバキア、ハンガリー、ルーマニアなど。フランス人や彼らから聞かされたことに、「東欧社会主義国では、西側の国へ出ても一人前で食っていける研究者は、ほとんど全部が西側へ出てしまう。残っているのは、西側へ出ても一人前に食っていけないか、ごく少数だけれど、祖国の社会主義建設のために働くという人である」ということだった。

外国の友人や知人と話していて、時々気がつくことがある。日本ではそれほど違和感がなく使われている言葉が、きわめて異常に受けとられることである。常識の違いというのだろう。「非武装中立」というのも、そのひとつではなかろうか。私が「日本の有力政党のひとつに非武装中立を唱えているのがあるが、皆さんはどう思うか」と言いだしたところ、はじめはなんのことかわからないようだった。結論はみなさん一致して、「日本のような進歩した国で、そんなことが可能とは考えられない。ムッシュー、モリタ、大国は信用するな。ネバーだよ」

むすび

誤解のないように私の本音を述べさせていただこう。私自身は、戦前戦中も、この戦争は帝国主義戦争・侵略戦争だと考えていたので、戦争協力はすまいと考えており、不戦を貫いたつもりだ。なぜ反戦にいたらなかったかと言われれば、特高の監視下にあり、リストにも載っていて、これ以上踏み出せば、投獄か死かで、なんの役にも立たない状況だったからだ。数少ない非国民の一人だったと思う。戦争はもちろん悪であり、侵略戦争なんて絶対にやってはいけないことだ。太平洋戦争（第二次世界大戦）における日本は、もちろん侵略戦争をしたのであり、申し開きはできない。終戦の詔勅も、「これで軍国主義は終わる。今までより悪くなることはないだろう」と思い、敗戦を無念とも残念とも考えなかった。東条英機の写真を見ると、今でもムシズがはしる。戦犯が東京裁判のA級だけですむかどうかは疑わしいけれど、少なくとも彼らの責任は逃れられない。彼らはあの暗い時代を象徴している。一つひとつの局面をとってみれば、「ほかに選択の余地はなかった。お国のためにやったことだ」というだろう。けれども、軍国主義をリードし、日本を含めアジア全体にあれだけの殺戮と被害をもたらしたミスリードの責任は逃れられない。昭和天皇にしても、二・二六事件の鎮圧と終戦の御前会議では指導性を発揮したことは事実のようだけれど、軍国主義の跋扈と開戦にいたる経緯を考えれば、責任は逃がれられないと思う。

ところで近ごろ「だんだん戦争前の状況に似てきたのではないか。なんとかしなければ」という言葉を聞く。実は二十年ぐらい前に若い人から同じことを聞かれた。「先生は、戦争前の世の中を実際に経験しておられる。どう思われますか」と言われて、私は「いーや、戦争前と今とはまったく違う。当分、日本から戦争を起こすようなことはないだろう」と答えた。本当にそう思っている。「戦前」の再来を防ぐために絶対に守らなければならないのは、

一、思想・言論・出版・集会の自由。

二、軍隊（自衛隊）のシビリアン・コントロール。戦前には、統帥権というものがあった。軍の命令指揮権は内閣ではなく、直接天皇に属するというもので、これと陸海軍大臣は現役軍

人に限るという規定によって、軍が内閣を支配できるようになっていた。
三、世の中、競争はもちろん必要で、努力や成果が正当に評価されることは大切であるが、貧富の差があまり大きくなく社会が安定すること。戦前の農村の貧困・疲弊は目にあまるものであった。農村から駆り出されてくる兵隊を、直接教育する立場にあった青年将校たちが、国家社会主義に走ったのも避けられない一面があったのではないか。
他人の家へ強盗にはいる（侵略戦争）のと、自分の家の戸締りをしっかりする（専守防衛）のとは、まったく別のことだと思うのだけれど、実際にはそれほど簡単ではないかもしれない。
先日の大学時代のクラス会で友の一人が、最近の社会経済情勢を慨嘆して、「考えてみると、われわれは日本の一番よい時期を生きてきたのかも知れないね」と。すかさず私は「一方では、一番わるい時期も生きてきたよね」と。

（もりた・すすむ　東北大学名誉教授）

第10章

明治から平成へ

——激動の世紀を生きて

三浦文子

「お母さん、ちょっと来てごらん、除夜の鐘が鳴っているよ」と、お勝手にいる娘に呼ばれて部屋から出てみる。耳を澄ませながら窓ガラスを開けてみると、はっきりと聞こえる。ゆるやかに間をおいて、割合高い鐘の音が寒い暗闇のなかを漂ってくる。

「あれは長寿寺かしらね」

「町の人は鐘をつきたくて並ぶそうよ」

などと話し合いながら、しばらく聞きいった。こうして一九一一年（明治四十四年）生まれの私は、明けて二〇〇二年（平成十四年）、数え年九十二歳を無事迎えた。

九十歳を超えるまでも長く生きようとは夢にも考えたこともなかった。振り返ってみると本当に激動の世紀であった。そしてわが人生も変化に富んだ生涯であったと思う。

明治の末に名古屋で生まれ、幼年時代は大正であり、女学校一年生になったときに大正は終わった。愛知県第一高等女学校（現・明和高校）を一九二九年（昭和四年）卒業、東京のお茶の水にある東京女子高等師範学校（現・お茶の水女子大学）の文科を一九三三年に卒業。沼津の精華高等女学校の教師を四年勤めて結婚。主婦生活八年、長女真澄を恵まれ、小学校一年生の娘を残して夫没後は、高校教師や中日新聞の文化部記者として働きながら娘を育てた。長かった昭和時代も終わり、平成も十四年、なんと明治、大正、昭和、平成と四代の元号を生きたのである。激動の二十世紀といわれ、関東の大震災、伊勢湾台風、神戸の大地震などの天変地異、満州事変にはじまり太平洋戦争で終わったいくつかの連続した苦しい戦争。私自身のたびたびの病気、ユネスコの招請により国際有職婦人連盟のお世話になった三カ月にわたる海外研修旅行。中日新聞社を定年退職し、中日文化センター勤務、かたわら東邦短期大学と南山短期大学の非常勤講師を勤めた。還暦を過ぎてからの再婚による再度の主婦生活十三年、そして夫との死別など、波瀾の多い生涯を一歩一歩歩いてきたことを思い返して感無量である。

生いたち

お正月は大正時代の子どもにとっては特別の日であった。

新しい下着や下駄、ゴムまり、羽子板と羽根、ふだんはつましい地味な暮しであるが、正月は特別で、食べもの、着るもの、遊び道具に親たちは人並にいろいろと調えてくれたものである。羽根つきをして高く飛ばすと屋根の雨ドイのなかへ落ちたりして、情けない思いに胸を痛めたことも何回かあった。

山王さんのおさるさんは
赤いおべべが　大好きで

とか、

一かけ二かけ三かけて
四かけて五かけて六かけて
橋のらんかん腰をかけ
はるか向うを眺むれば
十七八の姉さんが…

こんな歌をうたいながら、新しいゴムまりをつくのも楽しかった。

お手玉、綾とり、にらめっこなど、室内遊びもいろいろで、子どもが二、三人いればすぐ何かおもしろい遊びが始まり、笑いさわいだものである。

「ちょっと静かにせんか」

とよく叱られもした。

叱られると外へ飛び出して、友達も呼んで、

カゴメ　カゴメ　かごの中の鳥は
いついつ出やる。夜明けの晩に
ツルとカメが滑った、
うしろの正面だーれ

みんなで手をつないで輪になって、真ん中の鬼にうしろの正面を当てさせる。両手で目を隠して、しゃがんでいる鬼は「○○ちゃん」とよく当てる。

「子とり」「陣とり」「石けり」など外での遊びもいろいろあって、日の暮れるまで走り回っていた。

大正時代の中ごろ、第一次世界大戦のとき日本は連合軍としてドイツに宣戦布告をして中国の青島に出兵して勝ったので、ドイツの捕虜が何十人か名古屋にも来て駐留したことがあった。

そのドイツ兵たちは作業というか使役のため工場へ並んで行進するのであるが、日本人とは違って体格も大きく、顔つきも違うので、子ども心にも珍しくてよく眺めたものである。

そのころ各戸に電燈がつくようになり、それまでは石油ランプであったからとても便利になったのである。電燈は定額燈といって、今の従量制とは異なり、夕方町中の各戸にパッと明るくつき、朝七時ころには会社のほうからいっせいに消されるというものであった。

日本人は夜中電燈をつけっ放しにしているのがふつうであったが、「ドイツ兵は夜眠るときには電燈を消すそうだ」と、大人たちが感心やら尊敬の心持ちをこめて話しているのを聞いて、子ども心にも私はそのほうが合理的だと思った。

そのころの電球には球の外の中心に五ミリほどのガラスの角のようなものがあり、うっかり電球の下で立ち上がると頭にその角が当たって痛かったことをよく覚えている。

小学校の三年生のとき、朝礼で校長先生が洋服の実物見本を見せながら、これからはなるべく洋服を着るようにと話された。私は家に帰るとすぐ母に洋服を注文するようにたのんだ。その時分は木綿の縞とかカスリのきものを膝下ぐらいに短く着てメリンスの三尺帯をしめて着流しで学校へ通っていた。天長節（天皇誕生日）とか紀元節（建国の日）などの式日にはきれいなよそ行きの着物にえび茶の木綿のハカマをはいて学校へ出た。

母は縫いものが特技で、家中の着るものは全部母の手によって仕立てられ、大きなトチの一枚板の裁ち板の前でいつも裁縫をしていた。学校で洋服を着るようになるとすぐにシンガーミシンを買って、いろいろな服や下着を縫ってくれた。知り合いの家でお嫁入りが決まると、頼まれて嫁入り衣装を縫うこともあったし、そのお嬢さんが裁縫を習いにくることもよくあった。その時代にはミシンはアメリカ製のシンガーしかなく、日本でミシンが作られるようになったのは昭和になってからだと思う。母は端切れの布で上履き入れや手提げ袋などミシンでしじゅうをして、きれいなものをよく作ってくれた。

一九二三年（大正十二年）九月一日の関東大震災は六年生のとき。二学期の始業式のあと、予科といって上級学校を受験する希望者は特別に国語や算術など科外で教えてもらっていたが、教室で勉強していたら突然ガタガタと教室がゆれだしたので驚いて校庭へ飛び出した。校庭には日陰を作るため頭上に、藤の棚のように一面にヨシズが張ってあったが、その柱につかまってゆれの収まるのを待った。

東京は大震災で火の海となり、数万の人が焼け死んだとの号外がつぎつぎと出て大さわぎとなった。テレビもラジオもない時代のことである。学校の近くを東海道線の列車が走っており、東京から下ってくる列車は焼け出された人たちで満員であることが校庭からもはっきりと見られ、非常事態であることがよくわかって胸が痛かった。

その大地震のあった九月の末に妹、六女の房子が誕生した。私は長らく二人の妹と三人の姉妹だったが四女と五女の二人は赤ちゃんのうちに死亡したので、六女の妹を見て四人姉妹となり、今も四人は健在である。

そのころの正月の遊びに、百人一首のかるた取りがあった。

父が学校の教師であったので、先生方がよく家に来られてかるた取りを楽しんだ。父が

「下の句を見て、すぐ上の句がわかるように百首全部暗誦せよ」と命じたので、必死で全部覚えたら子どもでも大人に仲間入りして負けずに楽しむことができた。そして日本の和歌の七五調の流れるような言葉のひびきに魅了され、自分も歌を作ったり、文章を書くようになりたいと思った。

女学校時代

小学校の担任の内田先生の特訓のおかげで、あこがれの愛知県第一高等女学校（現・明和高校）に合格、紺のサージのセーラー服を着て、晴れて女学生となったのはとてもうれしかった。

毎日毛筆で日記を書いて提出させられたり名古屋弁を使わないようにと言われたり、しっかりと良妻賢母教育を受けたと思う。

一九二六年（大正十五年）十二月、一年生のとき、大正天皇が亡くなられ、即日改元があって昭和時代となった。翌年二月にご大葬があり、国民は喪に服して一年間諒闇が続いた。

この時分、ラジオが開発され、放送が開始された。珍しくてさっそく取り付けてもらった。ラジオドラマやニュースを聞くのが楽しかった。

三年生のとき、課外運動に弓道部が新設されたので、入部して授業後毎日練習した。老境にはいってからよく「あなたは姿勢がよい」といわれるが、弓道のおかげではないかと思っている。

三年生の夏、学校にプールができ、全生徒が水泳練習をさせられ、背泳やクロールを習った。

四年生の修学旅行は、校長先生の画期的な指導方針で、洋行の味を体験するため、外国航路船の白山丸で神戸から横浜まで海路の旅であった。航空機はまだなくて外国へ行くには船便しかなかった。洋風の腰掛式トイレもはじめて経験した。東京から日光まで回ったのも楽しい思い出である。

四年生、五年生の二年間は上級学校の受験勉強一色であった。めざすのは国立の東京女子高等師範学校（現・お茶の水女子大学）、難関として聞こえていたので必死に勉強した。数学、化学、地理など不得意な学科も受験科目にあり、途中で何回も投げ出したくなったりしたが、友人の三村ふじさんが一緒に勉強して励ましてくれたのでなんとか受験、運よく合格できた。

はじめての東京生活

地理や化学の試験まであったのでダメかなと思っていたが、思いがけずお茶の水（東京女子高等師範学校）に合格できたのはうれしかった。

校舎もバラック、寄宿舎もバラック、関東大震災の焼け跡にたった粗末な建物ではあったが、学生生活は楽しく、そして忙しかった。土曜日の夜は、お部屋会と称して、同室の先輩や同輩たち十二人が茶話会を楽しんだ。日本各地から上京した人ばかりだから、お国自慢に花が咲くのも自然であった。

修学旅行は、二年生は秩父地方の河川研究、三年生、伊豆大島の活火山見学、四年生、京都、奈良、吉野であったが、四年生の旅行は病気入院中だったため、残念ながら不参加、今でも惜しいことだったと思っている。

四年生の後半は附属の高等女学校や小学校で教育実習をして、教師としての心得などをしっかり習得した。

一九三一年（昭和六年）満州事変が起こった。しだいに軍国主義が強くなり一九三三年（昭和八年）、日本は国際連盟を脱退して孤立無援となったが、軍はますます国外へ出兵して、戦域を広めた。体の弱い男子まで動員する状態となった。軍はあくまで強気で、平和とか反戦を口にすれば非国民呼ばわりをされるので誰も軍事行動を批判することはできない状況であった。

一九三三年（昭和八年）お茶の水の文科を卒業したあと、母校の紹介で、沼津の精華高等女学校（現・精華学園）へ就職が決まった。国語の教師として勤めたが、元気で無邪気な生徒たちに接する毎日は楽しかった。

満州事変以後、軍は大量の兵を満州に送り、軍事力で満州を中国から分離して、勝手に清朝の血を引き継ぐ、宣統帝溥儀氏を、満州国皇帝に立てて満州国を建国した。今思えばまったく無法なやり方であったが、誰も否とはいえない時代であった。

珍しく沼津に雪が降った一九三六年（昭和十一年）二月二十六日、学校からタクシーで下宿へ帰ろうとした車中で、運転手が「東京で軍隊の反乱があったようだ」と知らせてくれた。二・二六事件であった。このとき反抗した将校たちは全員死刑にされたと聞いている。

沼津では雪が降ることはめったにないことだった。授業中に生徒たちは窓の外の雪にばかり気をとられ、こちらのいうことに集中してくれないので弱ったこともあり、歴史に残る二・二六事件は忘れられないものとなった。

そりの鈴さへ　かすかに響く
雪の曠野よ　街の灯よ
一つ山越しや　他国の星が
凍りつくような国境

こんな国境警備隊の歌がはやっていて、若い先生方と講堂で歌ったりしたことが懐かしい。

一九三三年（昭和八年）に丹那トンネルが開通して、熱海と沼津は近くなり、熱海からも沼津の学校へ通ってくる生徒があるようになった。

結婚

一九三五年（昭和十年）の夏休みに名古屋の実家へ帰っていたが、母の友人の藤井きわ先生がご自分の弟の河合要氏をつれて訪問された。それが見合いであった。

「髪をとかしてお茶を出しなさい。お見合いだから」と母に言われびっくりした。冬休みのお正月に、今度はこちらから母とともに藤井家へ河合氏に逢いに出かけた。その後、手紙で求婚の意志を告げられ、今までの数回の縁談のうちで一番適当だと思われたので、お受けすることにし、結婚という段取りとなった。

沼津の女学校も足かけ四年勤めたが三月の期末に退職して、一九三七年（昭和十二年）三月、結婚式をあげて新婚生活にはいった。夫の任地鹿児島県の志布志町で主婦生活ははじまった。

一九三八年（昭和十三年）に長女真澄が誕生、それからは子ども中心の生活となった。

志布志にいるころから世の中は軍国主義一色となり、日中戦争へと拡大し、漢口や南京を占領、男性は国民服と称してカーキ色の服装をして勤めるようになった。女性たちも愛国婦人会や国防婦人会に属して、出征兵士を送ることが多かった。召集令状一枚で即日出征する人が多く、それに比例して戦死して白木の骨箱となって帰宅する例も多くなって日本中が暗雲に包まれたが、軍の発表はどこまでも「勝った」「勝った」であり、国民はそれを信じるより道はなかった。

夫は志布志高等女学校から加世田中学校へ転任となり、私も真澄を抱いて加世田へ移住。間もなく夫は東京の国民精神文化研究所の研究員として国内留学の命令を受けたので、私も真澄を背負って上京した。四月上京して五月半ばから体調をくずして寝込んでしまった。女子医学専門学校に在学中の妹静香が、あちこち療養所を見てまわり、中野のガーデンホームという療養所を見つけてくれて、そこへ入院することになった。真澄はようやく歩きはじめたころであったが、名古屋の母に預けた。熱はあるし、子どもは小さくて手がかかるし、まるで地獄のようであったが、ホームへ入院してやっと落ちついた気分になり、病状は日増しによくなった。正月もホームで過ごし、四月に退院して名古屋で自宅療養ということになり、

銃後婦人の軍事教練

久しぶりに帰名。半年の間に真澄は大きくなっていた。九州で独り暮らしだった夫も、名古屋市立第二高等女学校（現・向陽高校）の教頭に転任となり、久しぶりに親子三人顔をそろえることができた。夏休みには河和の海岸のお寺へ避暑に行ったりして自分の体力の回復に努めた。昭和区の桜井町の借家を借りて住み、真澄を近くの幼稚園へ通わせた。

日中戦争が終わらないのに一九四一年（昭和十六年）には戦争はさらに拡がり、太平洋戦争となってアメリカを相手に戦うことになった。軍国主義は一段と色濃くなり、世の中は戦時色一色となった。物資はだんだんと不足して、食品も衣料も切符制となって何ひとつ買えない窮屈な時代になった。

都会は敵の空襲が心配されるようになったが、夫は小牧中学校（現・小牧高校）校長からお話があり、小牧の教頭へと転任が実現し、事実上の疎開ができたのは幸いであった。名古屋の昭和区桜井町にそのままだったら、戦災で丸焼けになるところであった。このころ国家総動員法によって、学校は授業しないで、生徒は軍需工場で働かされていた。夫は毎日、国民服にゲートルを巻いて軍人のような姿で工場と学校を往復していたようである。

いつも機嫌のよい夫が浮かぬ顔をして帰宅したことがあった。憲兵が学校へ来て夫に「髪を丸刈り」にせよと強要したのである。

「天皇陛下が刈られたら自分も丸刈りにする」と答えたので、軍国主義批判の反戦思想と見られてひどくなぐられた模様である。詳しいことは言わないがそんな様子が察せられた。憲兵は横柄であったが、中学や工場へ来る将校たちは親切であったようだ。夫は将校への配給の食料品をたびたび内緒でもらったりしていた。軍隊には生の魚があるのかと驚いたことがある。生のサバを夫が持ち帰ったので私は腰をぬかさぬばかりに驚いた。生の魚など当時はどこを探してもないほど物資は窮乏していた。

夫の死亡

健康自慢だった夫が体の不調を訴えはじめ、私は狼狽した。結核で急にやせはじめたが、薬もない時代で医師も手の施しようがない状態であった。空襲の心配で安静にもしていられないので、信州の小布施にあるキリスト教聖公会経営の療養所へ入院、加療に努めた。

小牧のわが家は毎日「空襲警報発令」とメガホンで町内をふれ回られているという状況に、緊張につぐ緊張をしいられた。ひどい時代であった。電燈には黒い布をかぶせて光が外へもれないように注意した。

一冬を小布施で過ごした夫は、春になって帰宅を望むので迎えにいってわが家へ戻って加療。しかし病状は悪くなるばかりで食べものも薬もない時代で、なすすべがなかった。その間に名古屋の実家は空襲で焼けて灰になってしまった。

夫の病状は悪化の一途をたどり、一九四五年（昭和二十年）五月十九日、ついに帰らぬ人となってしまった。敗戦直前のことであった。

葬儀は野尻校長の計らいで学校葬となり、小牧中学校（現小牧高校）の全生徒が参列した。戦死者にも見られないほどの盛儀であったのがせめてもの慰めであった。

娘の真澄は小学校一年生の七歳、私は三十五歳で親子二人の母子家庭となったのである。

この年の七月にアメリカの艦載機が小牧を狙って来襲、学校の帰途、娘の真澄は路上でねらわれて九死に一生を得て帰宅したことがあった。

物資不足と闘う

一九四五年（昭和二十年）の八月、広島と長崎に原爆が落とされて、ついに長かった太平洋戦争も終わった。日本の敗戦である。

物資不足はますますひどく、母子家庭ではヤミのものも手に入れにくく、窮乏のどん底生活であった。

空襲で焼けだされた両親や、満州から幼児二人を連れた妹が一時期わが家へ同居したこともあり、よくもまあ生命をつないできたことと、今でも胸が痛くなるような日々であった。

とにかく自分たち親子二人の生活を考えなければならず、愛知県小牧高等女学校（現・小牧高校）に就職した。

学校の運動場はイモ畑となり、体育の時間に生徒は畑の草取りをさせられていた。

娘の真澄はまだ小学校低学年であり、学校が早く終るので、毎日、習字、ピアノ、絵画、そろばんなどを習いにいくようにして、一人で留守番という時間をなるべく少なくするように気を使った。

春休みを利用しての勤務校の京都・奈良への修学旅行には校長の許可を得て小学二年生の娘をつれて担当の生徒を引率して出かけたが、食料不足のためお米持参という時代であった。

周囲の人たちの温かい思いやりに支えられてできた、家事・育児と仕事の両立であったとつくづく思う昨今である。

「新円切替」「五百円拂出し制限」などと苦しい経済措置がおこなわれ、物資不足は敗戦後も数年続いて、その後経済は急激に復旧し高度成長期時代に向かったのである。


（みうら・ふみこ　元中日新聞記者）

第11章 新美南吉の社会観と戦争

——抵抗への模索

佐藤明夫

はじめに

私が童話作家・新美南吉に関心をもったのは、半田出身ということもあるが、一九八〇年ごろ、彼の作品の小学校国語教材が「社会への怨嗟や呪咀」であり、子どもに有害と攻撃されたことからである。(1) その非難に反論するために、初めて「ごんぎつね」などの代表作を読み、その温かく鋭いヒューマニズムに感動した。

さらに一九八九年、旧知の半田市会議員のA氏から衝撃的な証言を聞いた。それはかつて、市の職員B氏から南吉の遺品のなかにあったとして、一部の新聞を預かった、ということである。それは一九三六年(昭和十一年)八月一日付の非合法紙『赤旗』であり、現物を見せてもらうこともできた。ただ、この証言は一方の当事者であるB氏が「記憶にない」として証言を肯定されないので、歴史的事実とすることができないのが残念である。(2)

それまでの私の南吉観は、良心的なヒューマニストではあるが、社会や政治には無関心な芸術至上主義者という認識であった。治安維持法違反となる『赤旗』所持の背景に興味をもち、あまり研究者が対象にしていなかった南吉の東京外国語学校時代の調査をし、学生運動指導者との交友という新事実がわかった。その報告として「新美南吉と社会主義」という一文を発表した。(3) その後、半田市在住の南吉研究者榊原澄夫氏に反戦童話「ひろったラッパ」

の存在を教えられ、彼の思想形成の過程に反戦・反ファシズムの思いがあったことを確認することができた[4]。十五年戦争開始直後からの南吉の社会観の流れをたどることによって、帝国主義戦争への抵抗を迷いつつ懸命に模索し、自己の良心に忠実であろうとした青年の生き方をさぐってみた。

「青春日記」前後の社会観

南吉の社会的矛盾に対する関心は、中学生時代から芽生えていたことが、少ない資料からもうかがうことができる。半田中学四年生当時の日記に「金公に会ったので伴立って南店（引用者注：書店）に行った。『大衆』と云ふのがプロ詩やプロ童話を募ってゐる」（一九二九年五月十二日）と記している（『校訂新美南吉全集一二』[5]）。『大衆』とは、おそらく半田の地方左翼新聞社「春秋新報社」が発行していた地方左翼雑誌『大衆時代』[6]であると考えられる。南吉がこのようなことを記したのは、すでにプロレタリア文学に関心があったからであろう。半田中学の二年上級にあたる榊原一三は、この年第八高等学校に入学、読書会（社研）に入会し、翌三〇年二月、「選挙権を学生にあたえよ」「軍国主義教育・帝国主義戦争反対」の趣旨のビラ配布に参加した。そして、退学処分となるが、このころから前記『春秋新報』にプロレタリア詩をたびたび発表している。南吉との交流の記録はないが、なんらかの影響があったかもしれない。[7]その二年後、半田中学を卒業し、小学校の代用教員をしていた彼は、「工場のストライキは勇ましく思へる。真剣だと思へる。（略）ハンマーを持った、こぶだらけの手が資本家または工場主に対して、反抗するのは、立派な戦争の様に僕には思へる」（一九三一年十二月七日）（『全集』）と書くが、この当時、半田中学の三年上級であった加藤力などが全協知多支部を組織し、半田の東洋紡、武豊の山二製材などをオルグしていたことが背景にあった。[8]

南吉が東京外国語学校に入学した一九三二年（昭和七年）は、国外では上海事変から満州国建国宣言、国内では血盟団事件から五・一五事件と軍国化の道をひたはしり、翌三三年二月には小林多喜二が虐殺され、三月に国際連盟を脱退、四月に滝川教授免職というように、ファシズム体制が着々と支配を固めた時期であった。

一九八五年、南吉が記した昭和八年の一年間の克明な日記が発見され、『新美南吉・青春日記』として出版された。[9]これを読むと南吉が急速に社会矛盾への認識を深め、危機感をいだき、日本共産党の活動に共感し、左翼社会運動に心情的であれ、接近しようとしたことがわかる。

もちろん二十歳の若者らしく、東京の学生生活を活きいきと楽しみ、読書・交友・観劇・思索などに青春生活を過ごした記述が大部分ではあるが、旧来の南吉像とはことなる記述も読み取れるのである。
そのひとつは、プロレタリア文学からの予想以上に大きな影響である。小林多喜二の「地区の人々」は凡作と批評しているが（三三年四月一日）、須井一（谷口善太郎）の「幼き合唱」からは強いショックをうけたことを率直に記している（以下の引用はすべて昭和八年の『新味南吉・青春日記』からである）。

自分の代用教員時代を思い出し、そののらくらとしてみみずの様に自己を把握せず、すごした期間を、この若い教師のはきに満ちた生活と較べて恥かしく思った。あの期間に自分は何をしたか。何を得たか（三三年五月十一日）。

と痛烈に自己批判をする。その二週間後の記述では、

河崎（引用者注：川崎の誤記）が『プロレタリア文学[10]』と云ふ雑誌をかしてくれたので読んでみた。小林多喜二のことがいっぱいかいてある。考へを変へなくてはならぬ。在来の童謡とか童話とかをどうのこうの言ってゐるのは、何も知らない馬鹿の様な気がする。思想的に悩むとはこんな事か（五月二十七日）。すこし、文芸からはなれて社会科学をや

りたい様な気もする。ともかく、こんなぐらぐらしてたんでは何も手につかない（五月二十九日）。

とまで記入するのである。南吉がこの時期に文学の社会性にこだわり、社会科学学習の意欲が一過性でなかったことは、半年後にも、

現代の社会が素材であっても、その文学は必ずしも社会性を持ってはゐない。文学が社会性を持つためには、社会認識が確実でなければならない（十月二日）。

との記述からも推測されよう。科学的な社会認識を深めることによって、素材がたとえ社会の現実から離れたものであっても、自己の作品に社会性をもたせたい。このような問題意識が南吉文学の原点のひとつであった。

第二には、当時の日本社会の現実の矛盾（資本主義、農村の貧困など）を直視し、その打開策として、社会的な諸運動や非合法の日本共産党の活動に関心をもち、共感を記録していることである。次は夏休みに郷里の岩滑（現・半田市）に帰省していたときの日記である。田の草とりを手伝い、百姓の重労働があってこそ、米が生産される実感を記す。

しかもこの劣等な労働をしない人々が米を易々として食べてゐるのである。たしかに不正なものがある。百姓達は不当の労働を他のためにしてゐる。他の者は不当の利を百姓達からさく取してゐる（八月七日）。

八月十二日の日記が注目される。

夕飯の時、父が太郎さのところで聞いて来た河上肇公判のことを言ひだしたのが緒で、共産党の話がひっそり話された。父と母とは、只刑罰とそれから起発する多くの災いを恐れて、わけを知らずに共産党をきらった。自分は絶対に運動に入らぬから刑に問われる恐れは毛頭ないことを示して安心させておいてから、階級懸隔の厖大なことから話をすすめて、共産主義の或程度までの妥当性を説明してやった。母も解った。父も解った。けれど彼等はひたすら息子が、うばはれることを恐れてゐた。思ってゐてもよいから口に出すことは更に更につつしめと言った（八月十二日）。

「共産主義が妥当である」ことを日記に書くことすら危険な時代であった。当時の特高が個人の日記・手紙・書物などを調べ、治安維持法違反に結びつけて、弾圧していたことは南吉も知っていたはずである。父母に話すことも決意を要することであった。堂々と記録したことに、彼の並々でない社会矛盾への怒りが読みとれるのである。

埋もれた友人・川崎正憲

南吉の『青春日記』から判明した新事実の一つは、学生運動のリーダーとの交友である。三三年（昭和八年）五月二十七日に南吉に『プロレタリア文学』を貸した河崎（川崎）のことが、九月二十九日の日記にも登場する。

川崎が学校へ白い顔をして来た。三月もはいってゐたと言ふから白くなるのも無理のない話である。明後日朝鮮へ帰るさうだ。さうして上京するのは来年のことださうだ。一年遅れるのは当然である。（略）秋風の立つ時ならぬ都落ちは、彼の心にそぞろなるものをかきたてるであら（う）ものを（九月二十九日）。

この川崎が南吉の同級である川崎正憲であり、「三月もはいっていた」とは、検挙された留置場のことであることが、やはり同級の丸山静雄の証言（九一年三月）で知ることができた。(11)

さらに、遠山光嗣・新美南吉記念館学芸員の調査により、川崎は佐賀県出身（本籍）で京城中学を一九二八年（昭和三年）に卒業、東京外語に一九三二年（昭和七年）に南吉と共に入学した英語部文科十一人の中の一人であること、一年おくれて三七年に卒業しているが、すでに故人であることが判明した[12]。

川崎の運動歴についても、筆者が探索した司法資料によって、一九三二年（昭和七年）九月、外語で木佐森康雄に協力して共産青年同盟の学内組織の再建を準備し、「外語Y友の会」（Yは青年共産同盟の略）の活動をおこない、滝川支援闘争で二人とも検挙されたこと。木佐森は起訴され、懲役二年執行猶予三年となり、川崎は起訴留保であったことが明らかになった[13]。

東京外語の学生運動は、南吉や川崎が入学した直後も活発であり、購買組合の役員の選出問題や交友会費の値下げを要求して六月十日から約五百人の学生が柔道場に泊りこんで長期のストをおこなった。このときのリーダーは二十一人が検挙され、多数が処分されているが[14]、その弾圧にもかかわらず、木佐森・川崎が再建しようとしたものである。

この川崎から南吉がプロレタリア文学や社会主義思想・社会運動の情報を得たことは、『青春日記』の記述からも推測できる。しかも一九三三年（昭和八年）だけではなく、意外に深い交流が続いていたことも最近明らかになった。

南吉の外語卒業記念アルバムの末部に、親しかった友人たちが記した寄せ書きのページがある。その七人のサインのなかに「長途平安川崎」の語句も記されている。[15] 川崎が処分され、留年した二年後まで、交流が続いたのである。さらに、一九三七年（昭和十二年）の『出納帳』（『全集』）十月二十四日の欄に、「出二八銭　川崎正憲来訪の報に接し、餐応のため、米津羊羹二本、ウイロー一本を買ふ」との記載がある。南吉が外語を卒業して一年半、帰郷、病気療養、就職の変遷があり、日中戦争が始まって三カ月後のことである。

東京外語の友人が半田の実家まで訪ねてきた例は、知るかぎりでは河合弘[16]と川崎の二人しかいない。左翼学生運動のリーダーであった「アカ」と少なくとも五年間、交友が続いていたことは、南吉の思想形成や社会観を考える場合、重要な要因であるが、従来の研究者はだれも触れていない。右にあげた以外には川崎の足跡は残されていないが、南吉は意識して伏せたのであるまいか。川崎正憲は秘められた友人であった。

「はじめに」に紹介したように、南吉が一九三六年八月一日発行の『赤旗』（日本共産党中央再建準備委員会機関紙第一号）を保管・秘匿していたという可能性がある。これが発行された時期は、南吉が三月に外語を卒業し、東京土産品協会に就職、新井薬師近くの松葉館に下宿していた時期である。もし、南吉がこの非合法紙を受けとったとすれば、江口榛一や本庄陸男というルート[17]も考えられる。しかし、実践活動にかかわり、気のおけない信頼できる仲間ということから、川崎正憲の可能性がきわめて高い。また、川崎との交流経過からすれば、

南吉が刑罰を覚悟のうえで、『赤旗』を持っていたとしても、不思議ではない。(18)

プロレタリア小説を模索した「塀」

『青春日記』を記録した翌三四年（昭和九年）二月五日、南吉は生家のある岩滑集落を舞台に設定したと考えられる少年小説「塀」を脱稿した。これはプロレタリア文学を模索したともいえる社会性の強い作品であり、推敲を重ねての百枚に近い作品であるが、未発見の部分の原稿があることが惜しまれる。(19)

物語は次のあらすじである。南吉の分身と思われる貧しい少年新が主人公である。塀のある屋敷に住む地主音右エ門の子音吉と同級であり、同居している親戚の少女那都子にひかれて屋敷に遊びに行く。メンコをして新が勝ち、音右エ門に返してやれといわれるが、拒むと「貧乏人の子は何でも人のものを盗りやあがる」と侮辱され、強く傷つき、金持ちと貧乏人の間に越えがたい塀が存在することを自覚させられる。その後、新は風呂屋に行き、音右エ門の小作人和二郎と共産党員といわれている青木青年との会話を聞く。青木青年が団結をすすめ、和二郎も賛成しながら翌日には裏切って密告し、青木は逮捕される。少年新は貧乏人の弱さと哀しさをしっかりと見つめる。

南吉の諸作品とはおもむきを異にし、ユニークであるためか、「塀」についての評論は多くないが、その一人日比茂樹は次のように論じている。

「『塀』以後の作品の中にこの新ほど強い精神力をもった少年がいただろうか。（略）ところが残念なことに南吉少年小説の主人公たちは、次第に強さを失っていく」「その背後にある貧乏人の醜さにまで及んで考えようとしている作者の態度にはあくまでも社会的視野に立って、物事を考えていこうとする積極性がみられる」と評価し、しかし、「以後の作品にはいっさいこういう視野に立った作品がない」と残念がる。[20]

浜野卓也も日比の評価に同感したうえで、「新のようにこの世の矛盾に徹底的に挑もうとするバイタリティのあるこどももまた全作品に絶無である」とし、「南吉の登場人物はこの新を除いては、すべて横につながらないし、つながろうともしない。それは所詮南吉の生活であり、（略）ここにも南吉の悲しみ南吉の挫折を見る」と論じている。[21]

共通するのは「塀」を南吉の青春時代の思想形成の流れのなかに位置づけるのではなく、突然変異的な作品としていることではなかろうか。歴史的な分析をすれば、南吉は前記のように一九三三年の疾風怒涛の学生生活のなかでの社会認識を重ね、「文学に社会性を持たせる」ことを自己の課題として必死に追求した。そうするためには、プロレタリア文学にならざるをえないが、彼は在来の図式的なものには満足しなかった。階級社会の矛盾の中に生活する人間を描こうと模索し、成功したのが「塀」である。その意味では南吉文学の可能性を示す成果であった。「塀」は出版されず、また、研究者たちに南吉はプロレタリア文学とは無縁という認識があるため、この作品が日本プロレタリア文学史のなかに正しく位置づけられていないのは残念なことである。

ただ、南吉の不幸は時代であった。一九三四年（昭和九年）には、日本共産党への弾圧はますます苛酷になり、指導部も消滅寸前の状況であった。学生運動・労働運動も困難になり、プロレタリア文学も発表できず、転向文学が主流となりつつあった。あえて「塀」を活字にすれば、友人の川崎と同じ運命になったであろうし、彼の卒業・就職を待ちこがれる父母のこともあった。以後「新」を登場させなかったこと、そのことを「挫折」と批判するのは残酷であろう。

「塀」がいかに民衆の立場にたち、階級社会を告発しようとしたかは断片ではあるが、次の引用でも明らかである。「共産党は、人間は乞食でも百姓でも軍人でも誰でも彼でもみんな平等でなけりゃいかんといふのだ」「そんなにみんなが苦しんでゐるなら、何故みんなが一緒になって年貢米を下げると談判しないんだね？」「金持と貧乏人の間には、取除くことのできない塀があるのですよ」「その塀を貧乏人達はよりあひ助けあひ、心を一つにして越えるのですよ」。このように書くことが、病気と生活に苦しむ当時の南吉にとっては、勇気ある唯一の抵抗手段であった。

反戦平和童話「ひろったラッパ」

南吉は、自己の結核という病魔とファシズム体制の現実に直面し、絶望的にならざるをえない。外語四年の一九三五年（昭和十年）、友人の稲生稔彦のこととして日記に「だが稲生はマルクシストの群に身を投じられない弱さを持っている。マルクシズムをたたへ、運動に加はるものに憧憬れてゐながら、彼の環境から彼の智性が、彼の弱さが彼をひきとめる。そこで彼はデカダンスにはしり、或ひはニヒルにおちていく」（『全集』一一）と書いたのは自分自身のことでもあった。しかし、南吉は決して転向はしなかった。国家権力という巨大な「塀」に苦しみながらも、なお、「文学の社会性」を模索し、追求した。

その苦心の作が幼年童話「ひろったラッパ」である。この作品は一九三五年五月十四日に原稿用紙十枚に書かれた（『全集』四）。南吉が師事した巽聖歌によれば、彼に学費を得させるために仕事をまわし、五月十三日から二十五日までの間に約三十話製作されたなかの一編であるが、出版社側の「無名の人では困る」という理由で、本にはならなかったという。このシリーズの幼年童話のひとつが有名な「でんでんむしのかなしみ」であった。「ひろったラッパ」は戦後『きつねのおつかい』（一九四八年）に初めて発表され、以後十点近くの作品集と全集に掲載されている。[22]

1950年３月、羽田書店発行

「ひろったラッパ」のあらすじは次の内容である。貧しく孤独の野心家の若者がいた。西の方で戦争がおきたことをきき、彼は戦争に参加して手柄を立て、出世しようと考える。戦場に急ぐ途中、ラッパをひろい、ラッパ手になれは手柄をたてられると喜ぶ。しかし、戦争で荒された田畑を見、残された老人が「戦争はもうたくさんです。戦争のために私たちは、畠を荒され、食べるものもない」との嘆きを聞き、考えが変わる。戦場に行くことをやめて、気力をなくしている人々をラッパを吹いて元気づけ、荒れた田畑を耕し、平和で活気のある村によみがえらせる。

この作品が書かれた一九三五年（昭和十年）は、満州事変から四年を経過し、日本軍は国際的に孤立しながら、さらに華北への侵略行為をつづけ、東北地区の中国民衆の土地を奪い、抗日義勇軍を弾圧していた。名古屋の第三師団は三四年から三六年まで満州に駐留し、侵略に抵抗する義勇軍・民衆を「匪賊」と称して六千七十五人を殺害している。[23]「ひろったラッパ」が満州侵略を意識していることは貧しく孤独な青年（日本）を主人公にし、西方の戦争という設定から推測できる。田畑を荒され、食べ物がなく「戦争はもうたくさん」とつぶやく老人に中国民衆の姿がダブる。

戦争のためのラッパ(24)を捨てて、平和と復興のためのラッパを吹きならす若者に南吉は自分の希望と夢を託したのではなかろうか？「やがてまいた種子から芽がでて、野原いちめんにムギの実るときがやってきたのであります」との結びの文章には深い平和への願いの寓意がこめられていたと思うのである。

この「ひろったラッパ」に反戦平和のメッセージを読みとった批評に児童文学者関英雄の「『ひろったラッパ』に見る庶民の立場での反戦平和の思想こそ南吉の本来だった(25)」があるが、このほかには見当たらない。いまだに歴史に位置づけた正当な評価がなされているとはいえない。この作品もまた発表されれば、発禁処分にされても不思議ではなく、戦争推進体制にとっては危険な童話であり、それだけに勇気のある文学活動であった。

アジア太平洋戦争下の厭戦意識と動揺

一九三六年（昭和十一年）十一月、南吉は喀血後の回復が思わしくなく、東京の生活をあきらめて岩滑に帰郷し、療養しながら就職口をさがす。軍国主義賛美の世相とあいまって、彼の社会観はニヒルにシニカルにならざるをえなかった。

われわれはよく何故われわれわれは戦争をしなければならないのか、戦争をなくすることは出来ないものかと口にいふが、よく、考へて見ればわれわれわれ人間といふ者は戦争のない状態を望みうるほど進歩した動物ではない。神様の眼から見れば猿や犬からほんの半歩ばかり進歩しているのにすぎないのだ。（一九三七年二月十三日）（『全集』一二）

と嘆き、日中戦争開始後には南吉をふくめ、社会主義思想の素養をもった青年たちの絶望感を日記に記している。

マルクス主義的な考え方を年少時代に体得してしまった我々二十代の青年たちは一生不幸で終るやうなことになるかも知れない。何故ならその考へはあくまで我々の心の奥底深く巣喰ひ、しかもそれはそれ自身で我々の運命を開拓していける程強いものでないからだ。（一九三八年一月四日）（『全集』一二）

しかし、南吉はそれでもなお、厭戦・反体制の思いを折にふれては次のように書き留めるのであった。

この大げさな葬式も死人のためにではなく、実は生きてゐる人々のためになされてゐるのだと思ふと見る奴みんな憎らしかった。

（一九三七年十二月六日、市主催戦死者慰霊祭）（『全集』一二）

日本の大衆が殆んど全部ミリタリストであるといふことは、明治の頃の教育、又は国家思想、ミリタリズム宣伝の結果だと思はれる。（一九三八年十一月十八日）（『全集』一一）

国民教育は先づ啓蒙であった筈だ。今の社会に都合よく馴致された驢馬のやうな人間を造りあげることではなかった筈だ。啓蒙すること、それだけで教育の使命は終るべきだ。

（一九四〇年一月十四日）（『全集』一二）

万歳三唱の声が聞えた。みんな日本のよい国であることを納得し、支那はやっつけられてゐること、米国も英国も恐るるに足らないことを納得し、ついに会は終をつげたのだ。現代日本の風景。何といふ暗い。何といふ非文化的な。

（一九四〇年二月十五日）（『全集』一二）

われわれ教員は喇叭に似てゐる。政府がA曲を吹けといへばいやでもA曲を、B曲を吹けといへば嫌ひでもB曲を吹かねばならぬ。今政府がA曲をといってゐるとき、自分の好きな曲だからとてZ曲を一人吹いたら、政府は僕をどのやうに非国民呼ばわりするだらう。（一九四一年十月二十七日）（『全集』一二）

最後の文章は太平洋戦争開戦の四十日前であり、五年前の作品「ひろったラッパ」の願いを表現する自由が完全に失われたことを悲しむ悲痛な叫びであった。一九四一年（昭和十六年）十二月八日、アジア太平洋戦争の開始は、南吉のささやかな抵抗の気力を押しつぶしてしまった。

いよいよはじまったかと思った。何故か体ががくがく慄へた。ばんざあいと大声で叫びながら駆け出したいやうな衝撃も受けた。（一九四一年十二月八日）（『全集』一二）

自暴自棄の表現ともいえるが、素直に読めば、戦争支持に大きくぶれたとするのが妥当であろう。二週間後、勤務先の安城高等女学校で神社造営資金の献金の呼びかけがあったのに対し、「僕はそんなものに寄付したくないのだ。その金は陸海軍に献金すべきだ。日本戦ふ今日にあっては」（一九四一年十二月二十二日）（『全集』一二）と記していることでもブレのひどさがわかる。

南吉の戦争迎合、戦争賛美の惨たんたる詩が二作品ある。与田凖一編『少国民のための大東亜戦争詩』（国民図書刊行会、一九四四年）に掲載された「大東亜戦争勃発の日」と「裏庭」である。「あの日から風景も人間もなんでもかんでも日本のものはみな、美しく大きくりっぱになった」（「大東亜戦争の勃発の日」『全集』八）と開戦の日を賛美する典型的な迎合作品である。「裏庭」はそれほど露骨ではないが、家族を守るために兄はマライで戦死、「兄さんのあとをつぐもの、僕だ」と結び、戦意昂揚作品といわざるをえない。

ただ、この二作品の製作の経過は『全集』の解題にくわしい説明がある。それによれば北原白秋の死を記念して「少国民のための『大東亜戦争詩』をつづって、微力、詩人としての奉公の誠を致し、もって先生の御神前に献じたい」との依頼状が巽聖歌などの世話人の名前で送られてきたという。南吉にとって、大恩人からの要請であれば断ることは難しく、はじめから「戦意昂揚」作品の枠がはめられていたのであるからやむをえなかった。彼にとっても、不本意の作品であった、と弁護はできようが、もちろん、それで南吉の戦争責任がなくなるわけではない。

これ以外に時局便乗の記述がある太平洋戦争期の作品としては、関英雄によれば、「ごんごろ鐘」（四二年）、「貧乏な少年の話」（四二年）、「耳」（四二年）のいずれも結末部分と「牛をつないだ椿の木」（四二年）のなかの一部分がある。関は、新人が政府情報局管理下の少年雑誌に発表するチャンスをつかむためには、最小限の戦争時局迎合記述はやむをえなかった、と説明している(26)。

南吉は日中戦争開始後、童話二十二編と小説六編を書いているが、戦争に便乗した描写は前記の四作品のみで、他の作品はまったく時局に迎合しなかった。むしろ日本人のほとんどが緒戦の勝利に熱狂していた一九四二年（昭和十七年）に「おじいさんのランプ」「花の木村と盗人たち」の名作をはじめ、暴力や差別、生命の軽視とは対称的な自然の美しさ、日常の世界を描きつづけたことを評価すべきであろう。国家権力によって、国民への洗脳がすすめられた時代に戦争と対極にある人間性を肯定する作品を書くことが、弾圧をくぐりぬけながら戦争に抵抗する唯一の方法であった。南吉は動揺しながらも、学生時代に追求した社会性のある文学をすてなかったのである。南吉の太平洋戦争中の作品や日記・メモが直接、戦争を批判しなかったことを左記のように逃避であり、妥協とする議論もある。

あえて戦後的感覚と発想で、彼の戦争観を評価するなら、無関心、無抵抗は結果的には、時局順応以外の何物でもなかったということになろう。
（都築久蔵「戦時下の南吉」『日本児童文学』一九六八年十月号）

南吉は戦争に力をかすような作品はほとんど書かず、自分の心にだけ忠実な作品を書きつづけたと云われています。しかし、これは戦争に対する批判ではないと思われます。国を挙げての戦争にも自分からは触れようとしないし、晩年の日記に戦争は「暗黒」とだけを表現する以外書かれていないのです。触れること書くことを避けているようでもあります。（「解説」、半田市教育委員会編・発行『新編新美南吉代表作集』所収、一九九四年）

こうした評価にはおおいに疑問がある。文化人の戦争批判をいうならば、十五年戦争開始後からの作品・表現を見なければならない。「ひろったラッパ」が無視されているし、南吉は太平洋戦争開始前までは前記のように異義申立てを発信しつづけたのである。開戦後の作品のもつ意味は右に論じたとおりである。「戦争に対する批判ではない」とのコメントがなりたつのだろうか？

日中戦争開始後の思想統制や文化活動にたいする取り締まりはきわめて苛酷であった。たとえば、南吉の恋人中山ちえの従姉、小栗きよ・末勇夫妻は名古屋の末広町で喫茶店「ドン」

を経営しており、南吉もしばしば通っていた[27]。このドンが映画や演劇のサークルの中心になり、機関誌発行や批評会活動をしたという理由で、一九三九年（昭和十四年）十二月、小栗末勇は検挙されている。文化活動であっても、少しでも反体制の可能性があれば弾圧されたのである。

少数の良心的な文化人は筆を折り、沈黙する。大部分の「文化人」は国策に協力し、戦意昂揚の作品を発表した[28]。南吉と同じ半田・岩滑出身の哲学者森信三は戦争政策に迎合し、若者たちに国家のために生命を捨てよと説いている[29]。戦争に迎合しない表現活動をつづけることが、いかに困難であり、勇気のいることであったかが、歴史的事実として、認識されねばならない。南吉は半田に進出した中島飛行機半田製作所が敷地造成工事のため、岩滑の隣村の山をくずす工事の最中に、また、ガダルカナルの敗戦が濃厚となった一九四三年（昭和十八年）三月二十二日、息を引き取る。二十九歳であった。過大評価はいましめなければならないが、もし、南吉が健康で敗戦を迎えたとすれば、戦後の反戦平和のために活動したと想像することは許されよう。

おわりに

新美南吉は一九一三年（大正十一年）生まれであり、彼の青春と創作活動のほとんどの時期が十五年戦争の時代であった。平和の到来を待たずに世を去るというまことに不幸な作家であった。したがって、南吉が戦争とどうかかわったかというテーマは、南吉研究にとって、避けられない課題である。その問題を扱った評論もかなりあるが、[30] その多くは日中戦争開始後の南吉の文章を対象にしており、そのためか彼を戦争傍観者であり、社会的関心も稀薄である、としたものが多く、定説の観もあった。彼の社会観や思想を分析した評論も少ない。筆者は「はじめに」に記した証言を知り、作品論とは別に南吉の思想や社会観の形成過程を歴史的にたどることによって、彼の戦争への姿勢を知ろうとした。児童文学にはまったくの素人であるが、「南吉文学の社会性」にしぼって考察したのが本論である。南吉は動揺もし、誤りもしたが、基本的には戦争体制に迎合もせず、敗北もしなかった。彼の反骨精神は正しくうけつがれ、未来に生かされるべきであろう。

注

（1）第一次教科書攻撃は石井一朝「新憂うべき教科書の問題」（『じゅんかん世界と日本』所収、一九七六年十月二十六日）、自民党調査局『新憂うべき教科書の問題』（一九八〇年）が中心。南吉作品への攻撃は日本児童文学者協会編『国語教科書攻撃と児童文学』（青木書店、一九八〇年）を参照。

（2）原資料は新美南吉記念館所蔵。この『赤旗』は一九三五年に停刊になった翌年、日本共産党中央再建準備委員会機関紙第一号として、大阪で印刷され、東京・名古屋などで配布された。犬丸義一『日本人民戦線運動史』参照。『復刻版赤旗』（三一書房、一九五四年）に掲載。
（3）『赤旗』一九九一年二月二十日付
（4）「ひろったラッパ」の背景については『愛知民報』（一九九八年八月二十三日付）、『朝日新聞』（一九九八年九月十二日付）が筆者から取材・報道。
（5）『校訂新美南吉全集』（大日本図書、一九八〇〜八三年）、以下『全集』と略記。
（6）『春秋新報』は、知多社会運動の先駆者加藤今一郎が一九二二年に創刊。印刷業も兼ね、このころ冊子『大衆時代』を竹内一正が編集して発行した（『春秋新報』一九三〇年四月十日）。なお、一九二六年三月から二七年十月まで発行された社会主義理論雑誌『大衆』があるが、内容も時期も合致しない。
（7）第八高等学校の読書会活動と弾圧の記録は『特高月報』にくわしい。『春秋新報』での榊原一三のペンネームは榊原政太郎とされる（当時の編集長加藤方策談）。
（8）「全協」は共産党系の非合法労働組合組織、全協知多地区は加藤方策・加藤力・中本進・尾崎大助・竹内一正などが活動していた（『思想月報』三号）。
（9）渡辺正雄編『新吉南吉・青春日記』（明治書院、一九八五年）。『全集』には収められていない。原本は新美南吉記念館所蔵。
（10）『プロレタリア文学』はコップ機関誌（一九三二年一月〜三三年十一月）、宮本百合子などが編集。
（11）丸山静雄氏は東京外語で南吉と英語部同級、下宿に遊びに行き、泊まったこともある。川崎は刑務所に入っていたとのうわさがあったとのこと。元朝日新聞論説委員、評論家。筆者の聞き取り（一九九一年三月三十日）。

(12) 川崎が中学卒業から外語入学まで四年間の空白があるのは、ほかの学校で活動し、中退したのではないかと推定される。六四年までは相模工業に勤務、健在。八六年までに死没。「東京外語生徒名簿」「東京外語同窓会名簿」より。遠山光嗣学芸員の調査による。

(13) 『最近に於ける左翼学生運動』（司法省刑事局『思想研究資料』所収、一九四一年）復刻版は東洋文化社。

(14) 内務省警保局『特高月報』一九三二年九月

(15) 河合弘『友、新美南吉の思い出』一九八三年に寄せ書き記入の状況と写真を掲載。アルバムは新美南吉記念館蔵。

(16) 注15を参照。

(17) 江口棒一（一九一四—七九）は、南吉の親友。三七年明治大学卒、ハルピンに。南吉の「昭和十二年ノート」に「江口の手紙によれば、今、マルキシズムに興味を持ちはじめ、全集を買はうとさへしてゐると」（一九三七年二月二十二日）（全集一一）の記述。本庄陸男（一九〇五—三九）はプロレタリア作家、このころ、南吉の下宿の近くに住み、飲み屋で顔をあわせることもあった（巽聖歌『新美南吉の手紙とその生涯』一九六二年）

(18) この『赤旗』は名古屋にも運ばれ、石川友左衛門が配布活動したとして、三六年十一月、逮捕された（『特高外事月報』昭和十二年二月）。

(19) 小説最後の個所の七枚が未発見（『全集』五巻解題）。

(20) 日比茂樹「南吉の初期少年小説」『日本児童文学』一九六八年十月号

(21) 浜野卓也『新美南吉の世界』講談社、一九八一年

(22)「ひろったラッパ」は『全集』の標記はカタカナ書きであり、戦後の単行本の標記はまちまちである。
(23) 陸上自衛隊『第三師団戦史』（一九六五年）、兵東政夫『歩兵第十八連隊史』（一九六四年）。
(24)「シンデモラッパヲクチカラハナシマセンデシタ」で有名なラッパ卒木口小平の話は一九〇四年から四〇年までの国定教科書小学校用「修身」の教材として使用され、もっとも有名な軍国美談。当時のラッパ卒は忠君愛国の象徴であった。中内敏夫『軍国美談と教科書』（岩波書店、一九八八年）
(25) 関英雄「南吉童話に現れた戦争の影」『日本児童文学』一九九〇年八月号。この論稿が筆者の知るかぎりでは、南吉の戦争観と時代背景について、もっとも適確な分析のように思われる。
(26)「南吉童話に現れた戦争の影」
(27)「ノート」（一九三八年三月十五日）、『全集』一一に所収。南吉はその後もドンを訪れ、きよの左翼理論にへきえきしたといいながら、きよに興味をもったようでした」中山文夫氏談話、筆者の聞き取り（一九九八年二月五日）。
(28) 桜本富雄『文化人たちの大東亜戦争』（青木書店、一九九三年）、『本が弾丸だったころ』（青木書店、一九九六年）
(29) 森信三『修身教授録』（一九四〇年）、岡本武司記者「戦時中の著作で日中戦争を賛美」『朝日新聞』一九九六年七月三日付。なぜか半田市立新美南吉記念館内に場違いな「森信三顕彰コーナー」があり、南吉を誤解させる一因をつくっている。
(30) 浜野卓也『新美南吉の世界』、関英雄「南吉童話に現れた戦争の影」（注25）、佐藤通雅「戦時と新美南吉」（『新美南吉童話論』一九八〇年）、都築久蔵「戦時下の南吉」（『日本児童文学』一九六〇年十月号）、斎藤寿始子「新美南吉」『日本の児童文学作家1』（講座日本文学6巻）所収、かつおきんや

『人間・新美南吉』一九八三年、赤座憲久／あかねるつ『新美南吉覚書』（一九八三年）

（本章の「新美南吉の社会観と戦争」は、佐藤明夫『戦争動員と抵抗――戦時下・愛知の民衆』（同時代社、二〇〇〇年、一九〇―二一三ページ）からの転載である）

あとがき

第二次世界大戦の体験者は現在七十歳以上となり、日本では人口の約一二パーセントとなった。戦死者と民間犠牲者など計約四百六十万人、さらに世界では二千三百万人の兵士と推計四千万人の一般人が死亡したという戦争。当時の悲惨な戦禍や罪悪感は薄れつつあるが、戦争資料館はじめ文学・絵画・写真などに一部の痕跡は残されている。

しかし「どうして愚かな戦争なんかはじめたの?」と問われると、戦中派だって答えられない。「知らぬ間にノーと言えない恐ろしい時代になっていたの」と答えざるをえない。

抑圧と暗黒の時代へと導かれていった当時の庶民の声を語り継ぎたいとの切実な思いから知人の協力を求めたところ、それぞれ異なる立場における体験談が寄せられた。今日の世相に対し「この道はまえに来た道」との警告を聞く思いである。歴史書に見られない国民の真実の声に耳を傾けたい。

二〇〇一年夏、小泉首相は「国のため命を捧げた人々に敬意と感謝の誠を表したい」と言って靖国神社に参拝した。しかし戦争体験者の私は「誤った国策で犠牲を強いられた人たちに陳謝し、それに応えるためにも永遠の平和を誓ってほしい」というのが本音である。二十世紀の終わりごろから国旗・国歌法の制定、国連平和維持活動（ＰＫＯ）等協力法、周辺事態法などが国会をパスし、二十一世紀がアメリカでの同時多発テロで開幕するとともにテロ対策特別措置法ができた。さらに二〇〇二年四月現在、有事法制が国会での審議をまっている。一九三八年の国家総動員法を連想するのは私の危惧にすぎないのであろうか。

「備えあれば憂いなし」と法整備の旗を振る首相。さらに改憲論者は、「現憲法は現実との乖離が大きい。足かせとなる。自力で自衛できないような国は独立国家といえない」と気炎を上げる。国民の審判を問わずに議会の多数決のみで法案が議決されると、以前、権力を握った軍首脳が今一部の政治家に変わったのと同じ結果となり民主主義は破滅する。

元老格の後藤田正晴氏は「蟻の一穴」の警鐘を発し、加藤周一氏は「一犬虚に吠ゆれば万犬実を伝う」と箴言する。小田実氏は「九条を足がかりに良心的軍事拒否国家をめざせ」と主張するが、戦後派は古い世代を戦争アレルギー症候群として一笑する傾向にある。

平和憲法の偉大な貢献を改めて見直したい。それは、わが国の平和な国家像を全世界に示すとともに近隣諸国からも信頼されることになる。平和憲法によって徴兵から解放された若者たちは自由に青春を謳歌することができるようになったし、国民生活は向上した。オーストラリアの憲法学者Ｃ・ソンダーズ氏は「日本の九条をモデルにしたい」と讃え、またオハイオ大学名誉教授チャールズ・オーバビー氏は「第二次世界大戦後、一人の人間も殺さなかった国は日本以外にない」と言って「九条の輪」を世界に広めている。

日本の世界的な不戦記録は今も更新されつつある。しかし平和を堅持してゆくことはますます難行するだろう。政治家も国民も一体となって全智全能を傾けたい。多様な文化を認めて共存する術を探究していきたい。もし武力が必要な場合は国連を中心とする国際社会の協力で解決すべきで、個人戦では核戦争に展開せざるをえないであろう。これは「広島・長崎の惨事」で立証され被災した日本のみが知ることである。日本人の平和への渇望とその実現のために衆智を結集させたい。それは第二次世界大戦における贖罪ともなろう。

恐怖の時代が音もなくしのびよる昨今、貴重な体験を寄稿された十人のライターに感謝の念を捧げたい。

執筆を依頼したとき、「そのような地味な本、商業ベースにも乗らないでしょうし、反体制的な傾向も感じられるけれど出版を引き受けてくださるところありますか?」と反問した人がいた。私自身も同感であったが、良書刊行の風評の高い風媒社で快諾していただくことができた。同社代表の稲垣喜代志氏と、懇切丁寧なご指導とご助言をいただいた編集長の劉永昇氏に心からの謝意を表する。

青木みか

【編者紹介】

青木みか（あおき みか）
1923年、三重県生まれ。三重大学農芸化学科卒業後、九州大学大学院修士課程修了。
89年、名古屋女子大学を定年退職。現在、同大学名誉教授（栄養学専攻、医学博士）。日本向老学学会会員。
おもな著書に『寝たきり老人の周辺』（あけび書房、1993年）、『老いが老いを看とるとき』（ミネルヴァ書房、1996年）、編著に『短大卒のキャリアたち』（丸善名古屋出版サービスセンター、1998年）、共編著に『主婦からプロへ』（風媒社、2001年）がある。

どうして戦争をはじめたの？
――「ノー」と言えなかった狂乱の時代

2002年10月30日　第１刷発行　　（定価はカバーに表示してあります）

編　者　　青木みか

発行者　　稲垣喜代志

発行所　名古屋市中区上前津2-9-14　久野ビル　風媒社
振替00880-5-5616　電話052-331-0008

乱丁・落丁本はお取り替えいたします。　＊印刷・製本／モリモト印刷
ISBN4-8331-0521-7